Editora Appris Ltda.
1.ª Edição - Copyright© 2023 do autor
Direitos de Edição Reservados à Editora Appris Ltda.

Nenhuma parte desta obra poderá ser utilizada indevidamente, sem estar de acordo com a Lei nº 9.610/98. Se incorreções forem encontradas, serão de exclusiva responsabilidade de seus organizadores. Foi realizado o Depósito Legal na Fundação Biblioteca Nacional, de acordo com as Leis nºs 10.994, de 14/12/2004, e 12.192, de 14/01/2010.

Catalogação na Fonte
Elaborado por: Josefina A. S. Guedes
Bibliotecária CRB 9/870

S237n 2023	Santos, Osnir Gomes dos Ninguém diz nada, eu vou gritar / Osnir Gomes dos Santos. – 1. ed. – Curitiba : Appris, 2023. 119 p. ; 21 cm. Inclui referências. ISBN 978-65-250-4910-6 1. Hipocrisia; Machismo; Profissão. I. Título. CDD – 469.8

Appris editora

Editora e Livraria Appris Ltda.
Av. Manoel Ribas, 2265 – Mercês
Curitiba/PR – CEP: 80810-002
Tel. (41) 3156 - 4731
www.editoraappris.com.br

Printed in Brazil
Impresso no Brasil

Osnir G. Santos

NINGUÉM DIZ NADA, EU VOU GRITAR

FICHA TÉCNICA

EDITORIAL	Augusto Vidal de Andrade Coelho
	Sara C. de Andrade Coelho
COMITÊ EDITORIAL	Marli Caetano
	Andréa Barbosa Gouveia (UFPR)
	Jacques de Lima Ferreira (UP)
	Marilda Aparecida Behrens (PUCPR)
	Ana El Achkar (UNIVERSO/RJ)
	Conrado Moreira Mendes (PUC-MG)
	Eliete Correia dos Santos (UEPB)
	Fabiano Santos (UERJ/IESP)
	Francinete Fernandes de Sousa (UEPB)
	Francisco Carlos Duarte (PUCPR)
	Francisco de Assis (Fiam-Faam, SP, Brasil)
	Juliana Reichert Assunção Tonelli (UEL)
	Maria Aparecida Barbosa (USP)
	Maria Helena Zamora (PUC-Rio)
	Maria Margarida de Andrade (Umack)
	Roque Ismael da Costa Güllich (UFFS)
	Toni Reis (UFPR)
	Valdomiro de Oliveira (UFPR)
	Valério Brusamolin (IFPR)
SUPERVISOR DA PRODUÇÃO	Renata Cristina Lopes Miccelli
PRODUÇÃO EDITORIAL	Bruna Holmen
REVISÃO	Bruna Fernanda Martins
DIAGRAMAÇÃO	Renata C. L. Miccelli
CAPA	Lívia Costa
REVISÃO DE PROVA	William Rodrigues

Dedico este livro à minha amada esposa e às nossas duas filhas, pelo apoio e incentivo em todos os momentos, em especial aqueles no meio das tempestades da vida, porque aprendi que meu porto seguro e meu repouso encontravam-se sempre no aconchego de seus abraços.

APRESENTAÇÃO

Ao caro leitor meus profundos agradecimentos. À minha família, que tem permanecido ao meu lado nessa caminhada, expresso toda minha gratidão pelos estímulos dados para meu exercício na ética e na moralidade, requisitos compatíveis com a minha crença em Deus, que é a inteligência suprema e causa primária de todas a coisas.

Iniciei meus estudos muito cedo. Naquele tempo, a grande maioria dos professores exercia suas atividades no quintal de suas casas, e os alunos, ao seu turno, esforçavam-se para que os castigos empregados, *à época* fisicamente, não chegassem ao conhecimento dos genitores, porque seria ali – como se dizia – só o couvert. Em casa o bicho pegava! Mas como tudo na vida passa e as experiências se acumulam, o ser humano aprende que é na tenra idade que está sua melhor fase da vida.

Hoje compreendo que tive sorte – se é que ela existe – como militar, pois durante seis anos construí meu caráter. Ao deixar as forças armadas, alguns anos após, fui convidado para trabalhar em um grande grupo empresarial e ao longo de oito anos planejei minha formação por meio dos esforços contínuos para adquirir os valores profissionais teóricos e práticos que garantissem as habilidades das quais, hoje, sou portador.

Desde então, tenho concluído com êxito projetos íntegros de vida que me credenciam junto à família, aos clientes e aos amigos. Alhures descobri, ao franquear aproximadamente 35 anos baseados em muito estudo, experiências e práticas nos conglomerados de empresas, que a grande virtude de um ser humano é o polimento de seus talentos por meio de seus próprios esforços, de renúncias, da fiança de sua família e da generosidade de seus verdadeiros amigos... Continuo e sempre continuarei buscando novos valores para concorrerem com os desafios que a vida impõe, e entendo que somente mediante o empenho, o altruísmo e a ética é que elaboramos nossa real personalidade.

Como já informado, busco contextualizar os assuntos a partir de uma linguagem popular, já que não aspiro nenhuma pretensão literária ou participar de qualquer crítica mais apurada a que os grandes escritores são submetidos. Por isso, peço a compreensão daqueles que se sentirem ofendidos com as exposições, afirmando que qualquer semelhança com sua conduta é mera coincidência, e adianto minhas desculpas.

Gostaria de agradecer *à* Editora Appris, em particular àqueles que dispensaram algumas horas de suas vidas para lerem e emitirem seus pareceres quanto *às* questões em exposição, evitando, assim, palavras ou expressões mais duras que pudessem dificultar a leitura por parte dos meus leitores.

Mesmo assim, com sua licença, se... *NINGUÉM DIZ NADA, EU VOU GRITAR!*

SUMÁRIO

A VELHICE NÃO ESTÁ NA FRONTEIRA DO CORPO,
MAS NO ESTADO DA ALMA 11

O ESTRATEGISTA 13

ADÃO E EVA 16

O ESPECIALISTA 20

VOCÊ É O CARA? 26

O JABUTI 29

DIFERENCA ENTRE CHEFE E LÍDER 33

FORMACÃO OU PROFISSÃO? EIS A QUESTÃO 37

MACHISMO É UMA OVA 43

UM ERRO DOS GRANDES 49

VEREDITO? PARA O RH? 55

HIPOCRISIA É A MÃE... 62

COMO MUDAR UM PARADIGMA 66

"AO MESTRE COM CARINHO" 70

O EGOÍSTA 75

A IGNORÂNCIA TEM SEUS ENCANTOS 77

O SHOW QUE NÃO DEVE CONTINUAR 80

A AMANTE 84

O BICHO HOMEM 87

DITADO POPULAR 91

O GENITOR 95

FOI UMA VEZ NA FLORESTA 98

PODE EXPLICAR? 106

A VELHICE NÃO ESTÁ NA FRONTEIRA DO CORPO, MAS NO ESTADO DA ALMA

Certa vez um jovem perguntou a um sábio:

— Mestre, quantos anos o Sr. tem?

O sábio entendeu a pergunta. Contemplou o jovem ansioso, lançou um olhar de profunda ternura e falou:

— O que lhe parece ser a idade? Seria o pleito da juventude de alguém ser definida simplesmente pelas raias do fenótipo da aparência? E o que lhe parece um velho? Seria a imagem cuja matriz do ser lhe denuncia experiência?

O jovem fez uma cara de descontentamento e falou:

— Eu não sei!

— Então — tornou o sábio —, imagine um homem iniciar seu dia às 5 horas da manhã irradiando saúde. Contemplando, com privilégio, o esplendor da natureza pulsante enquanto desenvolve com volúpia o percurso de alguns quilômetros sob o céu, ainda estrelado, ouvindo a sinfonia dos pássaros denunciado a alvorada. Depois imagine esse homem consumir alguns minutos no imperativo mister de conduzir sua família aos locais de atividades redentoras do saber. Buscar, após, no reduto profissional, os requisitos técnicos com alegria de viver e produzir, como ninguém, as tarefas que lhes são confiadas. Ajustar na ampulheta do tempo horas preciosas para ocupar uma cadeira no curso de especialização que lhe faculta entusiasmo. Complementar seu dia no seio acadêmico cujo valor diário importa exuberância correspondente na lapidação da sua função.

E respirando calmamente concentrado nas expressões do rapaz, continuou paternal:

— Imagine, meu jovem, esse mesmo homem imitando qualidades diárias cuja fonte transborda nas dulcíssimas páginas sublimadas dos livros nobres. Ainda assim, lhe sobra tempo para compor o quadro enobrecido dos requisitos básicos da família e tarefas afins. O que lhe parece ter esse homem? A idade de um velho ou a idade de um jovem?

O moço confuso baixou a cabeça e desapontado respondeu:

— A idade de um jovem! Mas eu não consigo fazer tudo isso.

Sorriu e saiu...

O sábio era eu, Osnir! E o jovem era... ora, ele era apenas um velho.

O ESTRATEGISTA

Contam nos centros acadêmicos que um técnico de futebol, sujeito alto, corpo atlético, de cútis bronzeada – prepotente e arrogante – achava-se, acima de tudo, um excelente estrategista. Nas preleções – minutos que antecedem aos jogos – reunia seus atletas e com muitos gestos e vozerio grave orientava cada jogador como deveria atacar, se defender, como iria compartilhar as jogadas, se posicionar e ajudar o time a vencer. Os profissionais, a seu turno, escutavam calados sem esboçar interesse algum. Quando não menos, questionavam alguns pontos ainda tão obscuros na estratégia do competente técnico. Seus comentários – acalorados e ricos em detalhes – de nada serviam porque curiosamente o estrategista falava em vitórias, mas escalava apenas 10 jogadores.

Na ocasião em que começava o jogo, começava também um frenesi particular. O técnico se esforçava muito. Permanecia os 90 minutos à beira do campo gritando, gesticulando e com cara de mau discutia com seus comandados. Insatisfeito, reclamava com a performance da equipe e do resultado que, até então, agradava tão somente aos seus adversários. Seus atletas eram considerados bons profissionais. Trabalhavam duro, eram unidos, mas além de insatisfeitos, estavam exaustos, desmotivados e culpavam o técnico pelos resultados que nunca apareciam. Por outro lado, o sabidão culpava o time por não se esforçarem mais.

– T-E-M Q-U-E D-A-R T-U-D-O! – esbravejava.

Certo dia, um dos seus auxiliares mais observador – que até então se mantivera calado e frustrado com o desfecho dos resultados – cismou. Como questionar o consagrado perito? E ainda... em se tratando do próprio chefe considerado como um "grande estrategista"? Não havia tido coragem de questionar sua forma de trabalhar apesar de saber que a equipe era um fracasso total.

Mas dessa vez seria diferente. E no momento oportuno, indeciso, perguntou:

– Caro treinador, desculpe-me a ignorância! – pausou meio sem jeito, e com a cabeça um pouco adernada para esquerda simulando gestos com as mãos continuou –, mas tenho observado que o senhor sempre escala 10 atletas para jogar. Verifiquei, no entanto, que em todas as partidas havia 11 jogadores em campo. Observei também – continuou o intrépido auxiliar – que dos 11 jogadores, 10 se esforçam muito, trabalham coletivamente, conversam mutuamente, discutem a melhor forma de atuar, e apenas um fica à margem de tudo. Observa desatento os esforços dos outros, fica parado na linha lateral do gramado e quando passam a bola para ele, se esquiva deixando-a sair como se não fizesse parte do time. O senhor me desculpe – coçou a cabeça suarenta com a destra e meio enfezado disparou –, mas esse indivíduo não é um peso morto para a equipe? Se fosse substituído pelo pior reserva, ainda assim, esse ajudaria a equipe mais do que ele!

Alguns segundos se passaram e sob o olhar inquisidor do idiota, ouviu a seguinte resposta:

– Aquele ali é só para bater pênalti!

– Bater pênalti? Mas não é toda partida que tem pênalti – ponderou assombrado o corajoso interlocutor.

– Sim, eu sei! Respirou nervoso e argumentou...

– E quando tiver?

– Quem vai bater? – perguntou em tom baixo e ameaçador o ríspido comandante.

Confuso e humilde, o sujeito tentou explicar pausadamente:

– Mas tem gente no time que bate pênalti muito bem. Na vaga dele o senhor não acha que deveria ter outro jogador que fosse comprometido com o clube e ajudasse o time a vencer?

– Não... – vociferou agora bravo o petulante treinador.

– Você é muito inocente, meu caro! E no mesmo timbre de voz concluiu orgulhoso.

– Ele é minha carta na manga! E convencido concluiu...

– É minha estratégia de vitória quando houver um pênalti.

Cuspiu de lado, deu meia volta e saiu esbravejando.

MORAL DA HISTÓRIA

NUMA EMPRESA, O PILANTRA PREGUIÇOSO É PROTEGIDO SEMPRE POR UM IDIOTA ARROGANTE.

ADÃO E EVA

Certamente, o amigo leitor já ouviu alguém falar alguma frase de efeito ou ditado popular. E – muitas vezes –, em se tratando de algum fenômeno burlesco, o dito popular passa a ser partícipe da cooperação de risibilidade momentânea. É fácil também arrumar uma história ou uma circunstância que se encaixe nessas frases criadas para revelar uma ocasião. É também verdade que em muitos casos a gente é tomado pelo desejo de entender certas expressões e procurar a origem enigmática de sua manifestação inaugural.

"Os tempos mudaram"; "O que é bom dura pouco"; "Amigo do meu amigo é meu amigo também"; "Fazer uma Vaquinha"; "A cobra vai fumar", e por aí vai. Mas uma se destaca por sua irreverência. E pasmem. Muitos filósofos tentam explicar em vão seus efeitos, emendando ou remendando o que já é imprescindível. Personagens importantes da cultura popular – com criatividade – valem-se dos seus efeitos para compor poesias e lindas melodias. Ataulfo Alves é o exemplo com a música "Meus Tempos de Criança". Veremos então! Na gênese bíblica, é crível que Deus criou o jardim do Éden com o objetivo de ser habitado pelos humanos. Esse jardim era tudo de bom. Repleto de flores, árvores, frutas e animais. Tudo que havia nele era perfeito. Foi então que Deus formou o primeiro homem por meio do barro. Ele então soprou o fôlego de vida no nariz do homem e – *voilà* – deu-se a origem do Adão.

Adão passou a ser o primeiro ser humano a habitar a terra. Mas também passou a ser o tipo de varão solitário. Mesmo na companhia dos tagarelas peludos e emplumados, tudo parecia igual. Os dias e noites se arrastavam, e cuidar daquele paraíso não era nada fácil. O trabalho era desafiador. Foi daí que Adão começou a andar cabisbaixo, sempre reflexivo, dormindo demais e, ainda, evitava sempre que podia interagir com os companheiros do paraíso. Deus – onisciente e onipresente –, naquela ocasião, percebeu a solidão da sua criatura. Entendeu, portanto, que Adão necessitava de uma companheira para ajudá-lo na lida daquele glorioso jardim. Tascou uma costela do moço – enquanto ele dormia – e criou dela uma mulher chamada Eva. E aí, doutor... o negócio torou dentro! Foi então que Adão e Eva passaram a viver juntos no paraíso. Como marido e mulher, deveriam atender uma única exigência de Deus: não comer do Fruto Proibido.

O problema – a história não conta – é que Adão passou a viver estressado desde o dia em que Deus lhe informou que iria arranjar uma companheira por achá-lo muito triste e relapso quanto às tarefas do dia a dia. Agora, porém, a mulher mandava em tudo. Sem saber o que fazer, nem ter coragem para reclamar a situação com Deus, Adão, então, recorreu aos seus amigos mais próximos. Na surdina, mandou chamar a Dona Cobra. Dona Cobra era conhecida entre os bichos pela forma que lhe dava com as adversidades e a sua grande capacidade de persuasão. Puxa vida.... tantos animais no jardim e o cara procurou logo uma cobra? Mas tudo bem! Dona Cobra, a seu turno – usando de malícia –, após muitos palpites e recomendações, procurou envolvê-lo na parada mais sinistra de sua vida. Comer o Fruto Proibido. Isso mesmo! Isso lhe traria poder, defendeu ela. Desse modo, ele passaria a ser o mandachuva da região e todos, inclusive a Eva, seriam seus súditos particulares. Adão, convencido do cambalacho tramado pela cobra, envenenou a Eva com artimanhas e falsidades, a fim de promover os recursos que propiciassem a construção do plano.

Assim foi feito... Numa bela manhã, os dois estavam sob a sombra de uma veneranda macieira. Discutiam – entre outras coisas – os pormenores dos bichos mais relaxados. Entretanto, Eva era categórica. E definia os deveres de cada morador. Inclusive de Adão, que parecia não ficar à vontade em sua companhia. Preferia estar na presença dos outros bichos. Eram observados com atenção pela Dona Cobra, que se manteve imóvel todo o tempo em forma de novelo no caule da grande árvore. De repente, Dona Cobra – que até então se mantivera calada – percebeu que os dois ficaram mudos. Talvez por algum impasse, e resolveu intervir. E astuta falou:

– Caros amigos... vejam esses frutos! Lindos e suculentos!

– Mas é proibido comê-los! – Rebateu Eva assustada.

Desenrolando-se quase por completo, a cobra prosseguiu:

– Quem sabe o poder que existe em sua natureza?

– Não seria óbvio que sua proibição se daria por não permitir conhecer um poder ignorado? – Sacudiu o rabo lentamente e, aproveitando o vacilo dos dois, colheu a maçã mais bela de todas e ofereceu ardilosa.

Adão, incauto, não levou em consideração os mistérios do Pai desobedecendo-O por completo. As recomendações à obediência, os deveres para com a natureza e a reverência aos mistérios dos Céus... nada foi lembrado. O resultado dessa ação todo mundo sabe... o banimento dos dois do paraíso.

Bom! Eva, que foi envolvida de roldão na tramoia do despreparado Adão, não poderia permitir tal embaraço e perder tudo que Deus prometera se fossem obedientes. Convidou um tal Doutor Rato – naquele tempo era chamado de Advogado – aconselhando-se de modo que não perdesse o que lhe cabia. Afinal, não iria sair dessa situação de mãos abanando. Procurou logo saber o patrimônio do marido. Logo, o tal Rato entrou com uma petição junto a Deus, para que se cumprissem as leis matrimoniais da época. Assegurou que tudo ficasse com a mulher que era a peça mais frágil da relação. Deus, muito generoso, prometeu estudar o caso da família, mas de imediato avisou ao picareta que não facilitaria em nada para seu próprio ganho, ou o retorno do casal ao paraíso. Teriam que trabalhar e ganhar a vida com seus esforços. Porém, o tempo foi passando e Deus já estava cansado com a insistência do Rato e logo cedeu. Os dotes da esposa foram reconhecidos e passados em cartório. Sabem quem era o dono do cartório? Isso mesmo... o Rato. Porém a pequena parte que coube a Adão ficou sob a tutela do desgraçado do Rato. E o resto é só história. Mesmo assim, Adão e Eva, depois de expulsos do paraíso, tiveram uma carrada de filhos. Os mais conhecidos foram Caim, Abel e Seth. Caim matou Abel por invejá-lo. A Cobra não fumou, mas foi condenada a andar sempre se arrastando. O miserável do Rato, no entanto, ficou tutor de uma pequena parte do paraíso e logo prosperou. Até hoje é tomado como exemplo de caráter.

– Mas... já pensaram na situação de Adão?

– Vamos analisar juntos então?

– Criado por Deus... Amigo de Deus... Homem robusto... Privilegiado... Senhor do Paraíso... não tinha ciência de dor ou enfermidade alguma... levava uma vida perfeita! Até que Deus o mutilou subtraindo de seu corpo uma costela e transformando-a num presente... a Eva!

– Sacou?

Daí a minha dúvida quanto à autoria de frases repetidas. Como a que recorreu Ataulfo Alves, nos anos 60, para compor uma de suas obras primas. Acho mesmo que foi até uma inspiração Divina quando a pronunciou. Porque acredito que foi Adão, que antes de milhares de anos, falou pela primeira vez: "EU ERA FELIZ E NÃO SABIA".

O ESPECIALISTA

Não é de agora que escuto a palavra "Especialista". Quase sempre é o adjetivo preferencial quando alguém se refere a outra pessoa que detém o conhecimento de algo específico. Bom, até aí tudo bem, mas de tanto escutar essa palavra, ouvir comentários regados de variantes, presenciar trabalhos e interpretações ridículas, fiquei mais atento a essas personalidades. Algumas cortejadas pela mídia e outras reverenciadas por muitos. Vou tentar ser mais claro!

Tempos atrás, havia uma tensão política entre dois países e a guerra era iminente. Os dias se passavam e se alongavam com noticiários quase sempre regidos com muitas especulações ordinárias e opiniões de especialistas. Um canal de televisão, embasado nas suas convicções doutrinárias, e desejando levar ao público as melhores profecias para o embate, convidou uma especialista de guerra para apontar as especificidades de cada lado e possivelmente o desenlace daquele imbróglio. A figura era uma fera! Especialista nisso e naquilo outro, mestrado em Ciências Políticas, doutorado em Políticas Sociais, pós-doutorado e os escambaus de asa – "pra não dizer que não falei das flores". O âncora, depois de rasgar elogios em favor da dita cuja, enfim, falou em tom grave:

– Agora vamos ouvir nossa especialista!

Alonguei meus sentidos e aguardei. A figura bem trajada e fortemente maquiada para falsear a desgraça do tempo, estranhamente de imediato, já apareceu sorridente diante da gravidade dos fatos. Iniciando de chofre seu parecer, rebuscou fatos antigos e exemplos históricos, pontuou equívocos, analisou conjunturas, calculou baixas, projetou adversidades, construiu cenários e, por fim, cravou o tempo estimado da guerra e o ganhador. Fiquei imaginando se realmente ela acreditava naquilo.

Após alguns dias de intensas contendas entre as partes, iniciou-se o conflito. Para meu deleite, o tempo de duração de combate, que a especialista idealizara em anos, foi conquistado pelo perdedor em um mês. Sim, porque em sua análise o que venceu seria o perdedor. O fato é que ser "Especialista" produz no profissional um efeito devastador de personalidade. Geralmente, tornam-se orgulhosos, presunçosos e acham-se superiores a ponto de estabelecerem subterfúgios dos prognósticos pretenciosos e partidários – em muitos casos. E o pior é que mesmo errando tudo, permanecem como "especialistas". Enchendo os bolsos de dinheiro e continuam expondo, nos meios de comunicações, suas opiniões pessoais e tendenciosas crivadas de informações inconclusivas e exemplos ultrapassados. Míopes, que se aferram no sectarismo doentio sem que se apercebam ou considerem a velocidade com que as coisas – tecnologia, governos, sistemas e principalmente a consciência coletiva – mudam de um dia para o outro.

Esse elemento não é privilégio de apenas alguns setores da atividade humana não. Está em todos os lugares! Se proliferando à medida que o tempo passa. Quer conferir? Especialista de RH, especialista de negócios, especialista de mercado, especialista financeiro, especialista de projetos, especialista disso e daquilo outro e por aí vai. Ah, e por falar em projeto, vou contar um caso bem didático.

Você pode ser contra tudo que estou falando, é um direito seu, mas de uma coisa eu tenho certeza: dentro desse universo de "Especialistas", tem um monte de picaretas.

Certa vez, recebi de um funcionário da equipe em que trabalhava um projeto executivo de fundações. O prédio era considerado de grande porte. Era uma grande fábrica e, pela sua extensão, era preciso que todos os projetos estivessem devidamente compatíveis do ponto de vista técnico-construtivo. Quando analisamos o trabalho, identificamos um total de 300 estacas raiz de sete metros, quatro em cada pilar. Aquilo gerou um desconforto na equipe, e a sugestão coletiva era que eu deveria conversar com o gerente e informar o exagero desses elementos. Mesmo levando em consideração a sondagem – estudo de resistência do solo – o projeto apresentava os requisitos de segurança incompatíveis com as características geológicas do terreno. Era um exagero descomunal! O gerente era um cara grande, engenheiro antigo de muitas obras e acostumado a tomar importantes decisões, no entanto parecia desmotivado, à margem dos acontecimentos e indiferente a tudo e a todos no setor. Mas se o convidassem para uma prosa informal, aí o sujeito se peneirava todo.

Sem mais delongas, abri o projeto e comuniquei que precisava discutir com ele o sentido daquele número de estacas. Sem muito interesse, sentado de forma relaxada, recostado no espaldar da cadeira, fez o gesto impaciente e com o dedo indicador apontando para o camarada que estava sentado a dez metros de distância falou:

– O especialista é ele.

"Especialista? Olha ela aí", pensei.

– Posso levar para outro calculista emitir sua opinião? – Perguntei disfarçando minha raiva.

– Fique à vontade! – Respostou, com cara de pastel, o indivíduo sem muita convicção e que permanecia sentado na mesma posição.

Assim foi feito. E após alguns dias chegou o laudo do escritório e o resultado não foi nenhuma surpresa para ninguém. O projeto do seu especialista foi substituído e o prédio foi construído por meio do sistema de fundação direta com um metro e meio de profundidade e uma economia de mais de um milhão de reais.

Parece mentira, mas é a pura verdade o que vou apresentar. Em outra ocasião, fomos chamados para projetar um galpão para o envase de GLP (gás liquefeito de petróleo – gás de cozinha), nas mediações do porto de uma cidade do Nordeste brasileiro. Esse projeto, em outra ocasião, mais ou menos dois anos antes, já havia sido feito. Era de maior porte, muito mais pesado, mas com as mesmas características operacionais, porém – por uma questão de logística – não fora construído.

No novo projeto, estabelecemos sua forma e mantivemos uma estrutura mais ou menos parecida, porém muito mais leve. Esbelta, como se diz na linguagem acadêmica. Finalizamos os projetos complementares, em seguida entregamos o pacote para nosso gerente, que deveria emitir suas considerações. Ele deu uma olhada e sem entender muita coisa pediu para entregar para o camarada fazer o projeto de fundações. Não disse nada, mas... o especialista? Ele de novo? Caramba!

Bom, vejam se não tenho razão. O cara em poucos dias entregou o projeto. Era uma coisa simples, pequena até, mas o desgraçado lançou 52 estacas pré-moldadas de 12 metros. Quando vi aquilo, me deu um calafrio. Outra vez? Não é possível! De imediato peguei os dois projetos – o antigo e o novo –, caminhei apressado até o birô e abri os dois na frente do idiota..., desculpe, do gerente! Ele me olhou espantado e com os olhos esbugalhados me perguntou:

– O que é isso?

Não me fiz de rogado e parti para o ataque. Expliquei que no projeto antigo o galpão era muito maior e a cobertura muito mais pesada. Expliquei os pormenores e comparei as cargas. O chefe olhava para os dois desenhos e se mostrava confuso. O novo projeto apresentava na sua superestrutura quase a metade de carga do antigo que seria construído a partir de fundação direta. Não havia necessidade de estacas. Ele parou um pouco, me fitou sem demonstrar emoção, deu um tapa na mesa e perguntou contrariado:

– Pode deixar aqui comigo? – Olhou para o lado, na direção que o chapa sentava, e voltou novamente o olhar para frente no exato momento em que eu já me afastava.

Concluí que ele chamaria seu especialista para conversar. Alguns minutos se passaram quando vi de relance o Sr. Estaca passando apressado na direção do gerente. Era um sujeito pequeno, com cara de poucos amigos, muito calado, irritadiço e presunçoso. Conversaram um pouco e pela postura dos dois acredito que não estavam se entendendo. Mais um quarto de hora se passou quando, de repente, o baixola se levantou e com passos rápidos olhando para baixo, rasgando o ar, regressou para o seu posto de trabalho.

Confiante, fiquei na expectativa de solucionar o problema sem as benditas estacas e consequentemente sem os gastos desnecessários. Mas para minha surpresa, o gerente veio até onde eu estava, caminhando em passos lentos, e quando parou, fez um pequeno movimento com a cabeça e mesmo de pé sorrindo, meio sem jeito, oscilou a cabeça de um lado para o outro, expressou-se em voz baixa:

– Olha, conversei com o "Especialista" e ele afirmou que era isso mesmo e que não ia alterar o projeto dele não!

Caramba! Não acreditei. Puxa vida! Fique P* da vida. "Até quando vou ter que engolir essa parada?", pensei desolado.

Bom, para encurtar o papo, no mês subsequente, quando iniciou a obra e a operação de cravamento das estacas no terreno, atingiram o nível de impenetrabilidade – obtenção da Nega – a apenas seis metros. Resultado? Tiveram que cortar todas as 52 estacas pela metade gerando um custo altíssimo no bolso do proprietário. Nem o comandante nem seu especialista falaram nada. Acredito que nem se envergonharam.

Vejam... não tenho nada contra os especialistas! E muitos menos contra os pregos que consideram esses picaretas como tal. Os pregos na maioria das vezes são chefes arrogantes – acomodados e preguiçosos. Preferem confiar nos seus "ESPECIALISTAS", e quando fazem cagadas, o prego vem e protege sua cria passando a mão na cabeça, nas costas, nas pernas ou sei lá onde!

E o pior de tudo é que os responsáveis pela aprovação, digo, aqueles cujas responsabilidades poderiam impedir essa desgraça nas empresas alheias, não querem nem saber da verdade. Empurram com a barriga e a empresa que pague e que se exploda. Preferem – o dia inteiro – arranhar o traseiro de tanto esfregá-lo na cadeira, cobrando e perturbando quem realmente trabalha – NÃO CAI NA CONTA DELES.

Uma coisa eu digo, sem medo de ser feliz, se você se acha um ou uma ESPECIALISTA – de qualquer desgraça que seja –, fique longe de mim! Prefiro os GENERALISTAS!

VOCÊ É O CARA?

Um dos maiores desafios da carreira de um grande profissional é quando ele se acha lançado numa bifurcação de valores ou violentado quanto à sua cultura e aos seus conhecimentos. Não adianta os investimentos em títulos universitários se você não for avaliado por pessoas despojadas da presunção, preconceitos e traumas que o impedem de praticar uma avaliação justa. Nesse universo, estão os invejosos, os incompetentes e os medíocres. Lembre-se de que o medíocre não é aquele que pensa que você não sabe de nada, mas é aquele que acha que sabe de tudo.

Vamos fundamentar essa questão, expondo um comentário em um vídeo do diretor técnico e executivo da Oikos Consultoria, Sr. Charles França. Não o conheço pessoalmente, mas para mim é digno de reverência e aplausos pela seriedade e competência com que trata os imbróglios de processos e comportamento humano nas empresas. Vamos então apresentar o comentário *ipsis litteris* do Sr. Charles França na rede social:

"A coisa mais inútil que um profissional de alto nível pode fazer, é tentar conquistar a atenção e admiração de pessoas medíocres. Teve um experimento feito nos Estados Unidos, em que o violinista Joshua Bell tocou durante 45 minutos no metrô de Nova York usando um violino Stradivarius, avaliado em mais de 3 milhões de dólares. Quatro pessoas pararam. Duas bateram palmas e no final da apresentação ele conseguiu arrecadar 20 dólares. E, naquela mesma noite, ele tocou num dos lugares mais reconhecidos do mundo, cobrando ingressos que variavam entre 100 e 1.500 dólares e foi simplesmente ovacionado pelo público.

Essa experiência nos mostra que mesmo um talento extraordinário, se estiver sendo exibido no lugar errado, ele não brilha. Não é reconhecido. Isso acontece com profissionais de todas as áreas. Pode ser na empresa que ele trabalha, pode ser na cidade onde ele mora. Quem quer de fato ir mais longe na carreira precisa se certificar que está dando o seu melhor, mas também que está no lugar certo e mostrando seu trabalho para as pessoas certas".

– Ufa!

– Parabéns, Sr. Charles!

Não há lucidez maior para definir um arquétipo de inabilidade e negligência profissional. Veja você! Os medíocres sempre têm paladinos. E os admiradores os tratam como verdadeiras sumidades. Eles não permitem que os talentos brilhem mais do que eles. Sufocam-nos impiedosamente. Uma história simples e verdadeira para contar: uma empresa de serviços iniciou a ampliação de suas atividades em virtude das oportunidades do setor. Os acionistas entenderam se tratar de uma tendência global e precisavam urgentemente se organizar. Convidaram, então, um profissional amigo já conhecido. O ilustre contratado deveria arquitetar e coordenar a nova estrutura. Em pouco mais de um ano, o quadro de funcionários dobrou. Alguns diretores e muitos gerentes foram contratados. Profissionais de outras empresas, ocupando cargos sem expressão alguma, foram inseridos em cargos de gerência. Sem conhecerem a cultura da empresa nem experiência comprovada em gestão. Foram então firmados para exercerem atividades antes nunca exercidas.

Você pode estar se perguntando... o que isso tem a ver com o assunto? Vou tentar ser claro! Primeiramente gostaria de fazer uma pergunta. Como você acha que os funcionários "antigos" que lá estavam se sentiram? Motivados ou desprestigiados? Vou responder! Isso é o que outrora se chamava: "Construir uma casa pelo telhado". Em pouco tempo ela vai desmoronar! A tendência é que enquanto os noviços então tentando se adaptar, aprender e dar resultados, o *turnover* dos insatisfeitos está troando. E vou mais longe nesse caso... no futuro, esses funcionários – contratados como gerentes – estarão desmotivados e relapsos. Sabem que não haverá cargos para assumirem. E quando precisarem de um diretor, o bonitão vai buscá-lo fora. Carreira dentro dessa empresa? Pode esquecer! Esse tipo de estratégia exercida em larga escala por profissionais considerados "astros" está apodrecendo as instituições. Levando-as – com certeza – ao suplício. Muitos talentos conhecedores de seus potenciais não corroboram com essa conjuntura. Vão procurar oportunidades em outras instituições. Corporações que não nutrem esse tipo de parasitário megalomaníaco exercido por indivíduos cultuados como "estrelas". Um capitão que entregar o comando da nau para um imediato arrogante estará condenando a tripulação a um motim ou ao naufrágio. Como admitir que uma instituição permita represar as decisões em um único canal? Nesse caso, a insatisfação coletiva aflora. Pois todos veem seus projetos embarreirados ou mortos. Não entendo como patrões entregam de bandeja a direção de suas companhias. Não se importam com os talentos que se esvaem consternados. Os mesmos talentos que os ajudaram a construir seus impérios. Nesse caso quem é o medíocre? O dono ou o ungido?

O fato é... o que sempre deu certo ultimamente está sendo desprezado. Promover colaboradores produz uma ligação psicológica entre o funcionário e a companhia. Provoca naturalmente o sentimento de pertencimento.

A meu ver: a MERITOCRACIA ainda é o melhor remédio para a saúde e sucesso das companhias.

– Enxergar talentos e valorizá-los não está no olhar obtuso dos presunçosos.

O JABUTI

Há muitos anos, aqui mesmo em Fortaleza, iniciei meus estudos na área das ciências humanas no curso de bacharelato em administração. Naqueles bons tempos, jamais imaginei que algumas décadas depois pudesse comprovar com tantas evidências as narrativas de caráter ficcional da época.

As fábulas eram reproduzidas diariamente nos centros acadêmicos e quase sempre de maneira jocosa. Uma delas, lembro-me muito bem, era a melhor expressão da prática que alguns funcionários, prediletos de seus incapazes superiores, exerciam e ainda exercem nas empresas alheias. Era um retrato análogo aos hábitos corriqueiros de empregados medíocres e incompetentes que se utilizam do poder de um idiota presunçoso conhecido como chefe – não gestor – para não trabalharem e ainda promoverem a desunião e insatisfação na equipe. Vou tentar descrever aqui a Fábula que inspirou este texto. Diz mais ou menos assim:

"Se um dia você estiver numa árvore, e escolher um galho para subir, mas de repente você encontrar um JABUTI, não mexa com ele! Desça... escolha outro galho. Porque JABUTI não sobe em árvore. Se ele está lá, é porque alguém o colocou".

Muito bem, é claro que a árvore na fábula é uma empresa, o galho um setor e o JABUTI é o pilantra incompetente amigo do arrogante chefe. É claro, você identifica logo esse tipo de réptil pela carapaça pesada, digo, pela postura pouco inteligente que o torna presunçoso, lento e incapaz de alçar posições de destaques nas empresas, senão com a ajuda de alguém. Quando consagrado a um cargo interessante – sem nenhuma competência – aceita a mentira e se comporta como garoto de recado. Na verdade, se conforma como o secretário. O faz tudo, que nada faz! É aquele cara que de vez enquanto leva uma estocada do chefe – "Pra não dizer que eu não falei das flores" – porque deixou de entregar o trabalho que seu protetor achou que pediu, mas não pediu, porém achava que ele ia fazer sem ter pedido, mas não o fez porque não sabia. Tá pensando o quê? O chefe também tem que fazer alguma coisa. Mostrar quem é que manda! Afinal, tem que soltar seus demônios em alguém. E por que não no imperito e intocável quelônio?

Não quero dizer com isso que sou contra os amigos saírem juntos, almoçarem e baterem um bom papo. Nos fins de semana encherem a barriga de cachaça e falar asneiras mesmo com presunção como bons técnicos e, ainda, planejarem coisas maravilhosas para o futuro. Não! Não sou contra isso. Só estou tentando explicar as práticas que estão cada vez mais presentes nas empresas, e, pasmem, empresas de grande porte.

No final do expediente de uma sexta-feira, depois de um incansável dia de trabalho, alguns colegas de profissão e eu resolvemos sair para descontrairmos um pouco. Fomos a um estabelecimento de costume, cujo ambiente era levemente descontraído. A boa iluminação, porém, muito discreta, era consorciada por abajures e arandelas dispostos nas extremidades de cada quadrângulo. Denunciar claramente as expressões particulares dos clientes que, indiferentes, conversavam animadamente. A música, de muito bom gosto, entoava em todo o recinto de modo análogo, o que nos permitia falar um pouco mais baixo. O tema em discussão era exatamente a falta de caráter de alguns profissionais de elevada posição hierárquica que são pagos, e ganham muito dinheiro, para dar o exemplo de gestão e liderança, mas que enganam e mantêm esse tipo de patologia nas instituições – digo, o protecionismo de amigos incompetentes. Não sei o que acontece, mas sempre que nos encontramos, por mais que nos esforcemos, o assunto sempre é de trabalho – acho que isso só ocorre comigo, ou não?

Bem! O papo ia tranquilo quando alguém que havia chegado atrasado e sentara numa cadeira na posição oposta à minha, e que fez um estardalhaço danado acenando e articulando com todos os presentes, de repente interrompeu intrépido:

– Cara, por que vocês estão incomodados com isso? – e continuou meio sisudo com um misto de ciência e resignação – Se eles estão fazendo isso, é porque o dono deixa! Ou vocês acham que os donos não sabem? Desconhecem vocês que eles mesmos não têm os seus queridinhos? Eu mesmo sou testemunho de um caso que me ocorreu na sala. Meu chefe – iniciou eloquente – querendo se mostrar notado, chamou seu inquilino protegido, que era filho de um amigo biriteiro dos fins de semana, para desenhar um rascunho de um paisagismo praiano. Após algumas horas – continuou o obstinado locutor – o sujeito veio com uma folha cheia de rabiscos e cores prevalecendo árvores de grande e médio porte. O chefe, na frente de todos, desconfiado, deu uma olhada, mas parecendo querer glorificar seu peixinho, perguntou alto e em tom meloso:

– Que árvores são essas?

– São coqueiros! Respondeu o sujeito.

– Coqueiros? – Ué e cadê os cocos? Perguntou meio confuso o protetor.

O dileto promissor fez uma pausa, contemplou detidamente o desenho por alguns segundos e meio sem jeito respondeu:

– Estão debaixo das palhas!

Após o desfecho, o porta-voz da desgraça deu uma gargalhada e finalizou o assunto com um movimento abanando a cabeça para um lado e para o outro. Olhamos descrente para o incontestável e endiabrado interlocutor e pedimos a saideira.

Alguns dias após, conversávamos ao telefone, o experiente perito e eu. De repente, me lembrei do assunto tratado naquele finalzinho de tarde na sexta-feira. Tentei ser o mais sério possível para não influenciar, muito menos estragar a resposta, em que com certeza seria atestada minha suspeição. Perguntei se ele lembrava, e se era verdade o que ele havia exposto naquela ocasião. O camarada fez uma pausa e de súbito falou:

– Ah, sim! – e perguntou mais sério...

– Você está falando do rapaz que fez o projeto de paisagismo praiano?

– É sim... afirmei ansioso.

– Pois foi exatamente como eu contei! E digo mais uma coisa para você, o fulano de tal – disse o nome do chefe – demitiu uma das funcionárias antigas por contestar a falta de compromisso e de criatividade do bacana, exaltando ainda a inabilidade técnica do JABUTI.

Estremeci! Agradeci um pouco sem graça e encerrei o assunto!

Sinceramente? Acho que os JABUTIS e seus PROTETORES estão se proliferando nas grandes empresas em virtude da falta de comando dos DONOS. Mas você pode estar me perguntando "E os JABUTIS dos donos?". Aí eu me prevaleço da máxima da administração: "Você pode administrar com a razão ou com o coração. Com a razão você prospera e com o coração você quebra". Não é raro hoje se ver empresas ou grupos de empresas substituírem o sistema nepotismo pelo profissionalismo sério. Mas você pode escolher!

JÁ DIZIA UM GRANDE E CONHECIDO INDUSTRIAL. "O QUE CRESCE NAS MÃO DOS OUTROS É POMBA" (**É** claro que ele se referia **à** ave da família *Columbidae* – fêmea do pombo...).

DIFERENÇA ENTRE CHEFE E LÍDER

Não é de agora que esse assunto é estudado nos centros acadêmicos e explorado nos meios de comunicação televisivas por meio de vários programas de entrevistas que importam autoridades literárias de renome nacional e de profissionais do ramo cortejados e bem pagos para emitir suas ideias brilhantes, exemplos e conceitos bem referenciados.

Muitos também concorrem com questões destoantes, embebidos pela leitura em imensas quantidades de livros e artigos expostos em tudo que se possa imaginar, e ainda aqueles que profetizam modelos absolutos para que no futuro as empresas apresentem em seus quadros de funcionários não chefes, mas lideranças capazes e bem relacionadas. Me chama a atenção como esses modelos são definidos e determinantes para o fracasso. Vou explicar!

Certo dia, participava eu de um curso para formar líderes com mais de uma dezena de pessoas. Todos imputados no dever de aprender e praticar a empresa nas operações da rotina de suas atribuições de liderança junto aos seus comandados. Iniciou o programa com atividades coletivas, grupos cortavam papel, pintavam, outros montavam alguma coisa, discutiam formas de compor algo, alguns integrantes muito falantes, outros nem tanto, e ainda alguns embora participantes permaneciam calados e observavam, como eu. Observava que muitos que integravam as equipes pouco se motivavam, enquanto outros se mexiam muito e falavam alto e gargalhavam em demasia. E foi assim durante dois belos pares de dias.

Finamente por ocasião do fechamento do curso, depois de vários minutos de agradecimentos dos professores e dos patrocinadores do Recursos Humanos, responsáveis pela estratégia de otimização dos colaboradores da empresa e dos enfadonhos comentários dos declarantes de suas experiências e oportunidades, foi solicitado pelo professor titular que alguns dos participantes indicados pelo RH falassem a respeito do aprendizado e o que o curso proporcionou-lhes em termos de garantias para a função de líder. Não é de estranhar que a maioria falou muito bem do curso e agradecia ao RH por ter sido escolhido para formar o quadro de líderes da empresa, blá, blá, blá, e blá, blá, blá...

Eu no meu canto, absorto das questões que naquele quadro se desenhavam, refletia e me perguntava se realmente aquele pessoal achava tudo aquilo mesmo. Estava em êxtase! Tentava identificar algo que me colocasse naquele nível de aceitação e buscava elementos que me transformassem e me fizessem portador de um verdadeiro líder, mas, subitamente, alguém tocou em meu braço e apontou para uma jovem do RH que me sorria perguntando:

– E você? O que achou?

Tomado de surpresa, confesso que não me sentia confortável em responder as questões por não haver conseguido penetrar naquela psicoesfera que, até então, dominava o ambiente.

Mesmo assim, resoluto e um pouco nervoso, iniciei:

– Considerando o conteúdo instrumentalizado nesses quatros dias em sala, acredito que para nós foram apresentadas algumas Ferramentas de Gestão como soluções técnicas de controle, gerenciamento da rotina e ações preventivas e corretivas para melhorar o desempenho de equipes, mas – continuei meu pensamento – não vi um curso de formadores de líderes, até porque eu não acredito que exista nenhum curso que transforme alguém em um líder.

"Puxa vida! Deveria ter ficado calado" – pensei no mesmo momento.

Alguns segundo se passaram num verdadeiro silêncio. Dava para ouvir o barulho do ar-condicionado que naquele momento era o único som que poderia identificar. Daquela sala de risos e satisfações não havia mais nada. Havia repentinamente se transformado em um ambiente pesado e repulsivo. Olhares cruzavam-se como dardos penetrantes em minha direção que sentia no meu corpo algo que me deixaram em alerta.

Até que alguém da própria plateia interveio chamando a atenção de todos para si.

– Nãããããooo...! – pausou com um aceno negativo de cabeça e continuou sem respirar – muitos cursos são direcionados para formar líderes nas empresas!

Com essa afirmativa fiquei sem palavras, porque, como complemento, de imediato, o professor que estava à frente, que até então se mostrara perplexo com meu comentário, olhou-me espantado e de chofre falou...

– Mas esse curso é, sim, para formar líderes.

Eu não podia recuar e aguardei alguns instantes para ver se alguém falaria. Mas como não aconteceu, pensei um pouco e tentei justificar meus argumentos.

– Então, vou indicar três pessoas aqui da empresa para você ministrar esse curso e transformá-los em líderes.

O silêncio se fez sentir novamente e os olhares fuzilaram o titular. O cidadão de imediato olhou para os integrantes do RH – que estavam sentados ao lado – e com movimentos nervosos enfiou a destra no bolso, deu mais um paço para frente e falou...

– Eu teria um imenso prazer de encarar esse desafio, mas amanhã estarei indo passar 15 dias em São Paulo e de lá vou para Curitiba.

Saímos da sala em silêncio, mas ele conhecia as três feras a que eu me referia.

MORAL DA HISTÓRIA
Não existe curso algum que transforme alguém em líder.

MAS QUER SABER A DIFERENÇA SE UM SUPERIOR É CHEFE OU LÍDER?

Quando um gestor se ausentar por alguns dias da empresa, seja o motivo qual for, e você observar que seus subordinados chegam para trabalhar mais feliz, sorridentes, e ouvir deles os seguintes comentários:

- *Tomara que o avião dele caia!*
- *Queria que ele não voltasse nunca mais!*
- *Queria que dessem para ele mais 30 dias!*
- *Tomara que ele não ligue!*

ESSE É UM CHEFE (**N**ão **faz falta! Só sabe mandar e cobrar. N**ão **sabe o que é gestão e tem privilégios por alguns do grupo dividindo a equipe).**

Mas, quando observar que o pessoal chega para trabalhar feliz e sorridente como antes, motivado, e ouvir deles os seguintes comentários:

- *Tomara que dê tudo certo pra ele!*
- *Deus queira que ele se divirta muito!*
- *Já estou com saudades!*
- *Vou ligar pra ele!*

ESSE É UM LÍDER (Tem o respeito da equipe e faz falta).

Outros tantos, os subordinados **não sabe**m nem que ele está de férias! Esse nem **é líder nem é chefe**.

– Ele é chamado de ASSOMBRAÇÃO... aparece aterrorizando a equipe quando ela menos espera.

FORMAÇÃO OU PROFISSÃO? EIS A QUESTÃO

Não sei se já ocorreu com o amigo ou com a amiga presenciar discussões a respeito de profissão. É claro que esse assunto não é novo e vem sendo tratado desde os tempos de outrora. Hoje parece que a situação é mais comum e visível do que aparenta, não sei se por razões de competitividade, ou de necessidade de autoafirmação, ou ainda decorrente da famigerada vaidade. Mas uma coisa é certa! Tem gente confundindo formação com profissão. E olha que não são poucas!

Vamos tentar explicar a partir dos fatos e expor nossas impressões a respeito dessa questão. Não é raro você escutar ou mesmo avistar flagrantes no cotidiano, alguém mais exaltado falar: *"Você sabe com quem está falando?"*. Ou: *"Eu sou isso, eu sou aquilo!"*, mesmo com o risco de – o alienado ou a alienada - serem acusados de preconceituosos.

Certo dia, estava na varanda do apartamento quando algo me chamou a atenção. Era um misto de vozes e sons vibrantes que partiam lá de baixo, e para ser mais exato da garagem do condomínio. Era uma conversa um pouco acalorada em que era perfeitamente notório a arrogância e a prepotência de uma das partes. Por outro lado, era perfeitamente cristalina a diferença de padrão, já que um dos envolvidos se mantinha mais cauteloso e mais objetivo.

Tentei me concentrar na situação como qualquer pessoa que estivesse no local e aguçei os ouvidos para conferir o diálogo. De imediato reparei que o contratempo iniciara em virtude de um carro que havia enguiçado em uma das garagens e o motorista do reboque estava se esforçando para fazer as conexões no veículo para retirá-lo do local. O problema é que o proprietário do veículo da garagem vizinha notou a presença do guincho e se encaminhou apressado em direção ao local com receio de que o homem arranhasse seu carro, e de imediato bradou:

— Ei, cuidado aí com o meu carro! Tire esse "bicho" daí agora porque eu vou sair!

Observei que o reboque estava um pouco à frente do possante do homem e que, realmente, se ele fosse sair naquele momento seria impedido, mas diante do cenário concluí de imediato que o gorducho não iria a lugar nenhum. Pelo aspecto do cevado, parecia ter acordado naquele momento. Descalço, portava até o alto da cintura um cuecão e estava sem camisa.

O chofer do reboque muito concentrado na operação de amarração, sem esboçar qualquer incômodo e sem levantar a cabeça, argumentou passivamente. Falou que já estava acabando e assim que concluísse a ancoragem do veículo sairia. Mas o sujeito, visivelmente nervoso e mostrando descontentamento com a falta de atenção do homem, sentiu-se menosprezado pela sua indiferença e falou pretencioso:

— Você sabe com quem tá falando...?

— Eu sou advogado! Concluiu eloquente.

No entanto, o homem centrado na operação e sem demonstrar qualquer surpresa calmamente declarou:

— Eu não tenho culpa do senhor ser advogado não. E concluiu atrevido...

— Mas só saio daqui quando tirar esse carro!

O camarada fez uma cara de espanto e espumando saiu apressado com cuecão e tudo. Concluí que era muito claro que ele não seria besta de entrar em contato físico com aquele cara marombado pelo trabalho que escolhera, e com o dobro da altura dele. Finalizou o homem seu trabalho e foi embora sem a presença do advogado.

E você fica imaginando que muitos deles, digo, de advogados com essa postura, exercem a função de gestão, é mole?

Médico é outra classe que adora arrotar: "Sou médico!". Dizem alguns! Quando, não menos, são inabilitados para exercerem com responsabilidade e profissionalismo suas funções. Hoje é comum associar as intervenções malsucedidas e mortes de pacientes à falta de habilidade técnica de falsos médicos ou ainda de alguns sem especialidade, ou trabalho feito nas coxas. Tá aí na televisão o tempo todo. Não estou inventando, muito menos acusando! A ética nessa profissão tem se tornado um fator preocupante, haja vista a grande quantidade de hospitais, clínicas e médicos envolvidos em corrupções. E ainda, o número de cirurgias marcadas, não com o objetivo de sanar o problema humano, mas com o propósito de ganhar dinheiro, quando na maioria das vezes não seria preciso intervenção alguma. Gostaria de confirmar minha profunda gratidão e respeito pela profissão de Médico. Mas afirmo que os relatos dessa natureza estão na mídia. E quase todos os dias. Não vemos diariamente nos jornais esse tipo de notícia? E muitos tipos desses caras – imaginem – na função de gestão. É mole?

E o que dizer do cara que se formou em Engenharia e que a todo momento anda com um capacete velho na cabeça com ar de soberano, mas que no fundo, no fundo, não sabe de nada? Hoje em toda esquina tem uma birosca formando engenheiros o tempo todo, inclusive em sistema EaD. Não são poucos os responsáveis pela morte de gente quando, inabilitados ou incompetentes, promovem acidentes graves na condução de construções ou operações vinculadas às intervenções estruturais. Outros tantos, exercendo funções que os deixam incapazes e sem qualquer vínculo com as atividades curriculares acadêmicas, mesmo assim, se consideram engenheiros. A grande maioria, formada há mais de 30 anos, não se atualizaram. Continuam soberbos mesmo com o currículo totalmente obsoleto. Desinformados, desconhecem novas tecnologias, e os materiais substitutos. Consequentemente já ficaram para trás. E muitos deles, pasmem, na função de gestão. É mole?

Na Arquitetura não é muito diferente. Vejam só! Muitos profissionais dessa classe são extremamente vaidosos e se acham verdadeiras sumidades chegando a se engalfinharem em críticas não construtivas e opiniões particulares. E isso, meus amigos, acontece desde o início dos tempos. Oh classe desunida! Quando observam o trabalho de alguém, o fazem com ironias e começam as discórdias: *"Eu faria assim ou assado"; "Isso tá aqui para quê?";* *"Isso tá errado";* ou *"Ele se baseou em quê?".*

E por aí vai. Vou simular uma situação e que por essa vamos chegar logo ao final dessa história.

Observem a maioria dos arquitetos. Eu disse a maioria, não todos! Sempre despojados, sem elegância, despojados e informais. Mas existe uma dicotomia nessa profissão clara que você precisa entender do que eu estou tentando falar e vou logo dar um conselho: se você estiver num Shopping ou em qualquer outro lugar de coletividade, e notar a presença de uma mulher elegante, muito bem-vestida, observadora, inteligente e quiser fazer algum juízo de valor, cuidado para não se confundir! Talvez essa pessoa não seja uma artista, uma estrela conhecida das novelas, de filmes nacionais ou estrangeiros. Pode ser que ela seja uma arquiteta! Por outro lado, se você se encontrar nas mesmas condições com uma figura de camisa de algodão amassada e larga, chinelos de dedos, barba malfeita, cabeleira desgrenhada e andando como se nada existisse em sua volta? Tenha cuidado para não se confundir! Não! Não chame ainda os seguranças porque pode ser que ele não seja um meliante – nada contra os meliantes, fora o fato de usurparem nossos bens. O dito cujo pode ser um arquiteto. Você ainda corre o risco de ser chamado de preconceituoso! E muitos deles, acredite, em função de gestão. É mole?

É claro que eu sei que vocês estão ansiosos e curiosos para que eu explique a expressão "E muitos deles na função de gestão. É mole?". Os amigos poderão me censurar e criticar-me pela noningentésima nonagésima vez. Refiro-me pela forma como a questão foi representada, pois poderão dizer que é falta de respeito pelas profissões ou que nada sei sobre o assunto. Podem sim! Mas vou tentar explicar. Primeiramente gostaria de afirmar que existe um equívoco conceitual muito grande nos meios acadêmicos e que migrou para as empresas onde esses técnicos atuam. Afirmo mais uma vez: gestão é muito diferente de mandar e cobrar! Disso eu tenho certeza! Podem dar a função de comando à pessoa mais ignorante que você conheça e eu lhe digo que ele vai fazer direitinho. Vai mandar e vai cobrar sem levantar o traseiro da cadeira.

ISSO NÃO É GESTÃO! O que esses caras estão fazendo nas empresas não é diferente disso. Porque não sabem! Não são qualificados! Não estudaram para isso! Fazem um curso de especialização em gestão, sem nada aprender, somente para ter o título, e acham que é o bastante. Gestão é muito mais profundo. É mais sensorial e sistêmico do que imaginam. É mais do que passar a mão na cabeça do protegido. É muito mais ainda do que mandar ou simplesmente cobrar. Isso todo mundo sabe! Tirar de uma equipe multidisciplinar o seu melhor resultado não é para qualquer um. Presenciei casos como os que vou contar agora.

O cara, um médico cirurgião conceituado, era também o diretor administrativo financeiro de um hospital. Não é preciso dizer que contrataram uma consultoria porque estava faltando tudo. – O cara não tem tempo! Faltava desde o material mais simples até o mais complexo: o ser humano! Difícil de consertar, se fosse privado teria, como se diz, quebrado! Entretanto esse profissional pelo menos praticava na função de médico o conhecimento que aprendera na universidade. Outro fato ocorreu quando um belo dia presenciei um cara falando com um interlocutor na frente do seu birô dizendo "Eu sou engenheiro civil". Ora! Ele se formou em Engenharia e foi contratado pela empresa como gerente de compras. Então para mim ele é um comprador, e não um engenheiro! Ele é bacharel em Engenharia! Engenheiro é quem trabalha com engenharia, e não supervisionando compras de materiais.

Muitos bacharéis só porque se formaram numa ciência, seja ela qual for, acham que mesmo exercendo outra função e não aquela em que estudaram, são portadores de créditos que não são seus. Médico tem que trabalhar com Medicina, arquiteto tem que trabalhar com Arquitetura, advogado tem que advogar e o engenheiro tem que trabalhar com Engenharia e ponto final. Deixem a gestão com o Administrador. A não ser que você ralou e se qualificou para a função. De outro modo diga assim: minha formação acadêmica é Ciências Contábeis, mas minha profissão é jogador de futebol. E não contador!

MORAL DA HISTÓRIA

Nada tem a ver formação com profissão. "Minha profissão é garota de programa, não tenho formação" (poderia ser qualquer uma)... já dizia uma conhecida!

MACHISMO É UMA OVA

Tenho escutado muitas opiniões com despeito ao bendito preconceito que os seres humanos ou classes exercem uns sobre os outros. O assunto é muito delicado, mas é bem fácil de entender. Pelo menos se considerarmos as tratativas com que a sociologia classifica a questão. Não vou me deter nas minudências dessa empresa até para preservar aqueles que já sofreram os inconvenientes efeitos patológicos dos que, por algum motivo, insistem em destilar o veneno da intolerância contra seu próximo.

Meu interesse aqui não é abordar assuntos controversos, embora exijam um grau de polêmica, mas comentar experiências vividas por longas décadas nas instituições em que trabalhei. Desse modo, me ressalvo mais uma vez para emitir minhas impressões a respeito de um problema nacional considerado por muitos como "divergência salarial". Acho até que é um problema global.

Eu, você e o resto da humanidade temos acompanhado, desde muitos anos, as discussões que envolvem as diferenças entre o salário dos homens e das mulheres. Claro, quando estão nos mesmos cargos ou cargos análogos. Mas existe uma prática teatral, embora você possa pensar ao contrário, que os grandes "especialistas" – que palavra intolerável! – não enxergam ou se fazem de tontos. Vou expor uma experiência que me levou a escrever este texto.

Trabalhava longos anos em uma empresa, cuja estrutura organizacional era de invejar. Era um grupo respeitável com uma quantidade de funcionários que ultrapassava dez mil. Só no RH havia mais gente do que no congresso nacional. Era um misto de gerentes de RH, especialistas de RH – olha ela aí de novo –, consultores de RH, estagiários de RH e aprendizes de RH. Compunha também uma cambada de gerentes com equipes vultuosas na ocupação de elaboração de planilhas, anúncios e cartazes. Amarravam um sininho aqui, uma bolinha ali, um cartaz colorido acolá, trocavam uma folha por outra, fazendo tudo que gasta dinheiro sem necessidade. Não sei se isso acontece na maioria das empresas, mas o certo é que nesse cosmos de estrelas do RH havia mais mulheres do que homens. Cerca de 90% mulheres e somente 10% homens – era mais ou menos isso. Mas vou tentar acabar logo com esse mistério, digo, a causa primogênita que resulta na diferença de salário entre os gêneros.

Nas últimas décadas, temos acompanhado nos meios de comunicação de massa vários movimentos de emancipação feministas que lutaram pela educação, pelo voto, pela igualdade social e continuam defendendo os direitos da mulher. Cabe destacar que nessa longa e difícil trajetória, as mulheres tiveram muitas conquistas. Mas como já falei, gostaria de abordar o assunto tão somente referente à desigualdade salarial. Vou contar aqui um caso de um amigo de profissão, e depois manifestar nossas impressões a respeito desse assunto.

Um amigo e eu estávamos viajando para solucionamos um caso de certificação em uma das unidades do grupo no Sudeste do Brasil. E, em uma dessas raras oportunidades que vez por outra aparecem, descontraídos contávamos lorotas numa simpática cafeteria enquanto desfrutávamos da companhia dos anfitriões da região. O tempo ia passando, o papo fluía descontraidamente até o momento em que um dos nossos amigos, que até então se mostrara exultante, de repente ficou mudo e pensativo. Observei que o fato aconteceu logo após um telefonema que imagino que tenha sido da filha. Eu a conheço e à época deveria ter uns 26 anos de idade, não mais do que isso. No dia seguinte, meio sem jeito, perguntei sobre o ocorrido e pela minha surpresa, sem demonstrar qualquer embaraço, falou:

– Cara, vou te falar, mas parece brincadeira! Deu uma pausa e meio reflexivo continuou resoluto.

– Você acredita que minha filha estava participando de uma seletiva para preencher a vaga de um cargo executivo em uma grande empresa no estado? Não aguardou minha resposta e de chofre emendou.

– Passou em tudo, mas preferiram contratar um cara! E de repente mostrando melancolia, pôs os cotovelos sobre a mesa, cobriu o rosto com as duas mãos e num gesto de reprovação arrematou.

– E o pior é que não mandaram nenhum comunicado agradecendo sua participação ou emitiram qualquer registro justificando a preferência pelo camarada.

Fiquei quieto. Confuso, confesso, mas perfeitamente atento. Afinal, hoje em dia, esse tipo de procedimento é uma prática comum nos Recursos Humanos das instituições.

Talvez se empregássemos o prefixo "anti" antes das letras RH, provavelmente soaria melhor. Com efeito, esse caso não teria sido o primeiro, muito menos o último, com certeza. Aguardei o final, mas ele, sem querer, me deu munição para recarregar meu arsenal:

– Minha filha – alegou orgulhoso – é poliglota!

– Fala inglês e espanhol fluente, além de ter experiência na área. Das exigências técnicas que a função postulava, ela as preenchia perfeitamente.

Parou um pouco, respirou lento e profundo como querendo esclarecer o escárnio. Relanceou com um pequeno gesto de cabeça, balançando para um lado e para o outo, ao mesmo tempo em que, na altura do peito, friccionava lentamente as mãos para cima e para baixo.

– Acredito – continuou chateado – que não foi por causa da falta de experiência ou técnica. E com voz alterada retumbou.

– Não a escolheram porque ela é mulher!

Quando ele disse a palavra "mulher", eu que até então o escutava comovido, de súbito, senti a adrenalina tomar-me todo o corpo em fúria. A vontade naquele exato momento era consorciar-me com sua alegação e vociferar com um grande palavrão.

Me contive, então, para não desfechar um soco na mesa – tadinha da mesa –, pois era isso mesmo que eu imaginava.

– Já imaginou?

– Não?

– Você não entendeu?

– Então vou ajudá-lo! Os dois finalistas eram um homem e uma mulher. E escolheram quem? Um homem, claro. E quem fez a escolha? Uma mulher! Ponto final. Você pode, mais uma vez, me censurar, é um direito seu, mas agora depois de municiado eu vou fuzilar.

As mulheres, todo o mundo sabe disso, quando munidas de autoridade para esse particular, criam em torno de si uma imagem pseudomoralista.

– É sério! No entanto, deixam à vista sua frieza e preferências, além do diabólico preconceito. Vejamos se não é escancarada essa questão? O problema é que ninguém tem coragem de falar. Mas se "ninguém diz nada, eu vou gritar"!

Já observaram que os cargos estratégicos das instituições, na sua grande maioria, são compostos por homens com elevados salários? E nos cargos das áreas operacionais estão as mulheres? Eu me permito perguntar: ora, se no setor de Recursos Humanos as mulheres são maioria e o todo processo de seleção e escolha é executado por elas, então o que acontece? Na empresa que servi, havia oito diretorias. Sete delas eram geridas por homens e apenas uma era conduzida por uma mulher. E adivinhem qual era? Isso mesmo! A de RH, claro! Não quero com isso defender, tão somente, o juízo de valor do amigo, mas relatar um caso que acredito que vai fundamentar esse embaraço.

Uma senhora que ocupava o cargo de Diretora de RH de uma empresa, era consorciada com infinitas funcionárias. Exibiam cargos variados, desde gerentes, coordenadores, consultores internos até aprendizes. Era muito raro vê-la sentada no seu próprio birô. E se por acaso alguém desavisado a procurasse para solucionar assuntos administrativos de rotina, não conseguiria. Mais fácil seria procurá-la na sala do presidente. Lá - provavelmente - o assunto era mais descontraído, haja vista, o som das gargalhadas que reverberavam de vez em quando pelos corredores.

Parecia trabalhar muito e confiava demais nas suas "Rhumanets". É claro que na equipe de especialistas havia alguns poucos homens. Os quadros de avisos emoldurados nos corredores departamentais eram sempre recheados de cartazes coloridos e informações – quase sempre contra o funcionário –, além dos anúncios convidativos para composição do time de colaboradores. Na empresa era muito clara a diferença de gênero nos níveis hierárquicos. No nível estratégico poder-se-ia afirmar que era 100% masculino. No tático, esse índice caía para 90% e no operacional a quantidade de mulheres ultrapassava e muito a dos homens com certeza.

Durante duas décadas as Rhumanets imponderadas davam as cartas. Selecionavam e apontavam postulantes para todos os níveis, inclusive se deslocando para outros estados em busca de talentos. Precisava mesmo?

Aliás, pregavam a renovação de funcionários antigos por jovens. Pura hipocrisia! Se fossem somadas somente as idades dos funcionários do primeiro escalão desse setor – Diretoria e Gerentes do RH -, dava mais de trezentos anos. E o engraçado é que esse particular só tem juridicidade para outros departamentos. Quando se trata do RH, isso não tem legitimidade!

– Mas vamos continuar...

É muito estranho que durante 20 anos nenhuma mulher, por mais culta e preparada que se apresentasse, jamais conseguiu passar pela malha da gangue e assumir um cargo executivo. E sabem por quê? Não? Sabem sim! Só não querem falar, mas vou ajudá-los. É porque na jurisdição que se encontram e no direito de escolha, as mulheres não desejam concorrentes. Não pretendem ser subordinadas a outras e preferem os homens. São extremamente vaidosas. Não aceitam que outras mulheres, por mais capacitadas que sejam, assumam cargos mais elevados ou desafiadores por frustações, ciúmes ou inveja. Presunçosas, são incapazes de romperem a cortina dos paradigmas em desuso e ultrapassados, os quais credenciavam os homens à soberania de trabalhos físicos e cargos elitizados.

Então, não me venham com essa de dizer que o salário da mulher é menor do que o do homem por existir um "preconceito masculino". Bulufas! Não é! É menor porque as Rhumanets jamais desejaram que suas rivais subissem ao topo da glória e as comandassem. Elas não aceitam e ponto final. Elas as eliminam, se possível de imediato, com um requinto de sadismo.

Calma, já vou encerrar! Mas falta ainda uma coisa! Quando você testemunhar algum, ou alguma, especialista – já emiti minhas impressões sobre especialistas – de RH, gabola, vomitando conceitos retrógrados e afirmando que falta mão de obra feminina para assumir cargos executivos... É MENTIRA! Não acreditem no papo desse ou dessa cara de pau. Mulheres preparadas tem aos milhares! Mas o bom é que quanto mais o tempo passa, mais exemplos de descriminação dessa natureza afloram na sociedade.

– Querem acabar com a diferença de salários?

– Querem mesmo?

– Então anotem isso como solução: as empresas deveriam proibir mulheres no RH para o bem delas mesmas. Só funcionários do sexo masculino no quadro! Em pouco tempo o problema vai ser solucionado. E se presenciarem movimentos feministas nos meios de comunicações, ou passeatas em favor da igualdade salarial? PURA HIPOCRISIA! Elas são culpadas desse fenômeno por serem rivais delas próprias!

– E digo mais ainda... Machismo é um ova!

UM ERRO DOS GRANDES

Não é fácil presenciar, impotente, as práticas equivocadas de personalidades contratadas por empresas a peso de ouro e cortejadas como seres sublimados. Divindades que habitam os andares superiores do olimpo de concreto e vidros sem, em momento algum, descerem aos patamares das plagas inferiores tomadas por um exército de bestas amedrontadas e esquecidas. Ao seu malgrado, se arrojam fremente aos processos e às diretrizes que incautos, no futuro, serão eliminados um a um sob o pretexto de renovação da cultura organizacional.

Acho que esse assunto é relevante para ser tratado no momento, haja vista que muitas empresas, e não é de agora, estão empregando esse modelo com maior frequência, mas que o amigo leitor talvez não concorde. No entanto, peço sua gentileza para permitir eu me expressar e revelar as circunstâncias que me levaram a escrever este texto. Não foi simplesmente porque escutei de colegas de profissão e de tantos outros de diferentes segmentos e unidades corporativas, mas porque é fruto de uma moda que eu mesmo presenciei. E depois de muito experimentos, parece que a prática é uma só. Vou tentar apresentar um exemplo – fresquinho, como se diz – para que se torne um elemento didático e de reflexão para todos nós.

Um grupo empresarial de grandes proporções econômicas estava passando por um momento de transição de comando. O que se falava nos bastidores e corredores da empresa na época era que os donos estavam cansados e precisavam descansar. Outros, porém, desconfiavam que era inteira inabilidade empresarial dos novos comandantes que herdaram a função, para não dizer incompetência ao extremo. Então, os acionistas entenderam que deveriam se afastar da presidência e contratar um CEO – isso está em voga – para garantir o sucesso e o futuro da companhia. Mas isso durou meses! Nesse intervalo de tempo, era comum as apostas entre os funcionários e havia um frenesi de expectativas para descobrir qual ou quais peritos tomariam a difícil tarefa de tornar – é sempre uma aposta – as unidades prósperas com resultados brilhantes. Após muitas expectações, finalmente, foi consolidada a contratação de um profissional cujo currículo, divulgado pelo RH, era notável. Iniciou-se então a jornada, e como era de se imaginar, as reuniões com a direção eram constantes. Todos os dias era a mesma rotina de conferências inacessíveis intercaladas pelo cafezinho que rolava o tempo todo. Também os comezinhos parafraseados nos umbrais entre os "mortais" se alongavam em cada roda instituída nos quatro cantos do prédio. Não faltavam também os palpites inundados de dramas apontando quem, dessa vez, perderia seus postos em zona de conforto e seria substituído por alguém que, pelo menos, desse ouvidos aos funcionários mais preparados, mas que nunca eram observados. Mas afinal, quem seria mais indicado para apontar o caráter e habilidades, ou inabilidades, de seus gestores do que os próprios comandados?

O fato é que os dias, as semanas e meses se passaram e nada de novo acontecia. Somente contratações de novos diretores e gerentes, mas ninguém acertava o próximo passo e muito menos entendia a razão daquelas medidas. Somente no Departamento de Recursos Humanos entraram quatro novos gerentes que, adicionados aos três cupins – desculpe... gerentes – que já residiam há décadas, somavam um total de sete. Era surreal! Havia um misto de inchaço de companheiros e dores do clientelismo funcional. No entanto, a cada dia, os questionamentos foram diminuindo, os pitacos morrendo e os meses se acumulando. Os antigos gestores continuavam nos seus postos e entre a massa, a insatisfação crescia apesar do silêncio.

"Sabem para quem vai sobrar?", era a pergunta. "Para o 'peão', é claro!", era a resposta!

Realmente, após algum tempo, começou o movimento. Muitos funcionários antigos e insatisfeitos começaram a sair. Alguns pediram desligamento enquanto tantos outros saíram pelo fenômeno da demissão em virtude da famigerada contenção de custos.

A meu ver, é injustificável a fortuna paga a esses profissionais aos moldes dessa prática. Deem-me uma justificativa plausível para que as instituições aceitem pagar caro a profissionais cujo exercício não passa do simplório método de admissão e demissão em vista de nenhum critério aceitável? Avaliação de desempenho? Formação de equipes de alta performance? Porra nenhuma! Isso é velho! Veja, por exemplo, a atitude do profissional CEO contratado para fomentar a mudança de cultura de um grupo. Ele jamais apareceu em público. Digo, nunca reuniu todos os colaboradores para emitir qualquer pronunciamento de diretrizes ou modelo de gestão. Muito menos ainda proferir palavras de motivação e incentivo para a massa. O máximo que fez foi – com a dispensa do seu ego – gravar algumas bobagens para "inglês ver". Permaneceu preso à torre de marfim em companhia sempre com a elite de bajuladores do RH. Será que ele acha mesmo que uma equipe é formada somente com os funcionários de sua simpatia ou amigos mais próximos? Como pode falar em equipe de alta performance se ele mesmo não faz parte dela? Pergunte ao atendente, ao jardineiro ou ao faxineiro se ele se sente integrado nessa equipe. Onde há o exemplo? A verdade é que não houve mudanças que realmente surtissem efeito. Mas você pode perguntar: mas os resultados não foram ótimos? Sim, pode ser! Mas a que custo? Demissões dos inexistentes a troco de prêmios anuais? Bom! Vamos lá... vou levantar uma questão para reflexão desses profissionais. E de graça!

Ao assumir um grupo econômico de empresas com unidades, reconhecidas nacionalmente e até internacionalmente, o CEO não conhece nem o primeiro escalão – diretores – e muito menos o segundo composto pelos gerentes. Isso é um fato! Aliás não conhece ninguém! Vou começar com uma pergunta simples: quando desejo conhecer alguém o que faço? Isso mesmo: investigo! Pergunto a quem o conhece ou quem a conhece. Ora, tá na cara! Mas vou mais longe ainda. Sabem por que muitas empresas estão fechando suas portas por falta de vendas de seus serviços e produtos? Não? Porque estão comprando ideias e projetos caros e mirabolantes e esquecendo o antigo que deu certo.

Vou contar um caso: trabalhava em uma empresa que iniciara suas atividades no seguimento de refrigerantes. Antes do lançamento dos produtos, os marqueteiros tiveram o seguinte cuidado: adotaram a estratégia de realizar um estudo entre voluntários da própria empresa para testar a qualidade e o sabor dos refrigerantes. O voluntário recebia um copo contendo o líquido colorido – amarelo, vermelho, róseo... – em seguida o agente de pesquisa solicitava para que ele cheirasse lentamente o recipiente e em seguida beber o líquido. Após esse exercício o camarada sorridente perguntava: "Que gosto tem?". O problema era que ninguém respondia a mesma coisa. Um dizia abacaxi, enquanto outro afirmava ser de tangerina. Outro assegurava ser de morango, enquanto o próximo respondia graviola. Resultado: não deram importância a esse requisito de satisfação e lançaram o produto. Dá para imaginar o que aconteceu? Não? Dá sim! Pois muito bem! Vamos recomeçar...

O CEO que é contratado para comandar uma instituição empresarial deveria – no mínimo – se esforçar para conhecer seus comandados imediatos e não deixar esse importante instrumento de gestão nas mãos do RH. Por que estou falando do RH? Como falei antes... o RH há muito tempo deixou de ser um órgão de Staff para se transformar em um partido político. Com poder, o chefe bajula o CEO, protege seus aduladores e incompetentes, além de manter à distância os enxeridos oponentes de seus métodos. Mas o problema é que esse tipo de profissional – o CEO – não liga para isso. Passa cinco, dez anos e não se aproxima sequer daqueles que são responsáveis pela operacionalização da empresa. Eles não têm importância! Apenas carregam o piano nas costas! Estou aqui me referindo aos cargos inferiores ao dos gerentes. Porque a maioria desses gerentes – lamentavelmente – é que são os pregos.

Geralmente esses profissionais, não todos, são contratados muito antes e na maioria das vezes pelos amigos, ou amigos dos amigos. A maioria são egoístas, incompetentes e relapsos. Quando chamados na direção para tratar algo sob seu comando, geralmente solicitam urgência do secretário – eles sempre têm secretários – e apresentam gráficos e desenhos bastante coloridos, gastando uma tinta danada. Sem conhecimento profundo do assunto – não foi ele quem fez –, simulam situações e resultados fictícios, mas mesmo assim, permanecem no cargo anos a fio. E pasmem: ganham prêmios e bônus do CEO que nunca os viu mais gordo.

– Aí surge a pergunta:

– Por que então, ao chegar numa instituição, o CEO não solicita uma pesquisa de satisfação de todos os diretores e gerentes respondida pelos seus comandados? Com certeza ele iria ter surpresas. Muitas surpresas, claro! Muitos diretores e gerentes "residentes" trabalham a vida toda numa empresa e não conhecem todos os seus subordinados. Não se preocupam com problemas de ninguém... eles querem é resultado. E se não der ele o substitui! Não é sempre assim? A pesquisa de satisfação, dos chefiados para com seu gestor, seria uma medida justa, barata e daria fim aos companheiros.

Mas, então, o que o CEO faz? Contrata uma empresa de consultoria e juntamente ao RH gasta uma fortuna, depois demite um monte de assalariados da base porque é mais fácil. Por quê? Ora, o custo de demissão de um diretor ou um gerente – mesmo incompetente – é muito caro. Exageradamente melhor, então, e barato, é desligar 30 "orelhas seca" do que um diretor ou três gerentes.

Mesmo assim, afirmo que essa medida original não seria para desligar esses camaradas não. Seria para que o CEO conhecesse as qualidades e deficiências desses profissionais e criasse um programa de treinamento alinhado com o plano tático da empresa. Porque... vamos falar sério! Na maioria das vezes, esses caras são protegidos pelo sistema corporativista. Mesmo demonstrando na prática toda suas injustificadas preferências, inabilidade social e incompetência. Seria então para conhecer cada um e entender como os subordinados os veem e se os respeitam. Esses camaradas custam caro e têm seus favoritos. As qualidades, imparcialidades e imperícias seriam todas conhecidas

– Será que não valeria a pena começar daí?

Aqui, deixo essa sugestão para alguns CEOs que, trabalham duro, mas que ainda insistem com a simplória e velha operação de represa de pagamentos e demissão em massa do baixo clero. Descartam alguns bons talentos sem se certificarem de que os responsáveis pelos desmandos institucionais não estão no nível operacional. Estão no nível de comando. E esses sujeitos é que são protegidos. Quando um time de futebol vai mal no campeonato troca-se a comissão técnica. Não os jogadores! Não é assim? Daí o novo técnico começa o trabalho conhecendo seus jogadores. Treina-os e vai substituindo aqueles que não se enquadram com o espírito da equipe.

Desse modo, acho que vale apena discutir os motivos pelos quais existem tantas injustiças e tanto favoritismo nesses movimentos estratégicos organizacionais.

Mas vale a pena reconhecer que alguns CEOs são bons realmente!

VEREDITO? PARA O RH?

Certo dia, alguns colegas de faculdade e eu havíamos marcado um encontro antes das festas de final do ano para nos confraternizarmos e aproveitar a oportunidade para jogar um pouco de conversa fora, como se diz no velho ditado. Combinamos que, antes de tudo, o ambiente deveria ser totalmente informal e, graças a Deus, sem a desgraça desse tal de amigo secreto. Você pode estar perguntando o que é que eu tenho contra esse costume natalino. Inicialmente gostaria de esclarecer para os amigos leitores e deixar claro que minha antipatia a respeito dessa prática, tão venerada nesse período, se deve a alguns fatos curiosos. Entre tantos outros, certa vez participei dessa famigerada brincadeira na empresa em que trabalhava, e uma senhora que me havia "sorteado" presenteou-me com uma vela! Tudo bem, era bonitinha, trabalhada, colorida, mas era uma vela! Deus do céu, a mulher me deu uma vela! Portanto, quer ser meu amigo ou amiga? Então não me convide para esse particular. Já chega ter que participar todos os anos com minha tropa. Das quatro pessoas que constituem a nossa família, três conhecem quem tirou quem e somente eu apenas desconfio de quem eu tirei.

Certa vez na festa, por ocasião da entrega dos presentes, minha filha, depois de alguns belos adjetivos e frases de efeito, com um olhar enigmático na minha direção e sorriso largo, revelou:

— Meu amigo secreto é o papai.

Todos sorriram e aplaudiram regados com um coro de arengas. Nesse ínterim, a petiz deu alguns passos em minha direção e muito feliz me deu um forte abraço e entregou-me uma caixa. Era um pacote relativamente pequeno e muito bem embrulhado. Debaixo de vozes de "Abre... Abre... Abre...", desembrulhei o pacote e para minha grande surpresa, estava ali nas minhas mãos um celular novinho em folha e que, pela sua marca, o valor era astronômico.

– Filha, não precisava comprar uma coisa tão cara – falei um pouco sem jeito.

Mas sem que eu pudesse dispor de tempo para agradecê-la, ela sorriu meio brejeira e falou pragmática:

– Foi no seu cartão, pai!

"Puxa vida!", pensei. Uma vez ganhei uma vela, agora um buraco no orçamento! Quem sabe da próxima não ganhe um caixão? Amigo secreto? Tô fora! Bom, mas vamos ao que interessa.

No dia acordado, ao chegarmos no local, nos acercamos de uma bancada composta por duas mesas cobertas por um pano grosso alvinitente com símbolos natalinos. O local nos permitia uma vista da bela praia e com certeza deixava-nos à vontade! O grande salão bem ventilado ainda estava quase vazio e os indivíduos que chegavam, totalmente informais, entravam e saíam o tempo inteiro sorrindo e discutindo algo que não nos era compreensível. A nosso turno, já bem acomodados, as piadas estavam presentes a todo momento e as histórias, resgatadas na ampulheta do tempo, eram acompanhadas com largos sorrisos e indagações jocosas junto daqueles que se fizeram autores das façanhas.

O papo ia rolando, as horas correndo, quando o colega, que era o mais introvertido e que havia sentado no lado posterior à cabeceira da qual eu me posicionara, aproveitou um raro momento de sossego, olhou-nos um pouco mais comedido e com um aceno de cabeça para um lado e para o outro denotando insatisfação disparou:

– Quando acreditamos que já passamos por tudo na vida, algo acontece para tirar-nos da condição de inércia e nos estimular a refletir a respeito do nosso aprendizado – pausou um pouco, respirou profundamente e com olhar meio confuso interpelou – Sabem qual é a maior desgraça, hoje, nas empresas? E quem é o responsável?

Nesse momento tudo parou. Ficamos perplexos diante da pergunta do colega enquanto ele fuzilava a nós todos com o olhar inquisidor. Alguns segundos se passaram e sem piscar uma só vez, se contorceu lentamente até descansar as costas no espaldar da cadeira que rangeu um pouco. Sinceramente aquele assunto nos pegou totalmente de surpresa. Parecia uma peça que não se encaixava naquele tabuleiro de quebra-cabeças composto, até aquele momento, com pedaços de gracejos e contentamentos. Era surreal! Se ele houvesse perguntado em outra ocasião, talvez enumerássemos uma dúzia de respostas adequadas e que poderiam, quem sabe, satisfazê-lo. Ficamos em silêncio, meio aturdidos, é verdade, porém atentos ao que nosso amigo poderia destacar.

Correram alguns segundos até que ele, evidenciando desejo de esclarecimento, com um meio sorriso depois de passar a destra por entre os cabelos já esbranquiçados, respostou alto e compassado acompanhado com um gesto ardiloso com as duas mãos – batendo com palma da destra enquanto a outra permanecia fechada – dizendo:

– O... R... H!

Diante da nossa hesitação momentânea, lembrei-me de que no começo da farra, houve um comentário – não me lembro bem de quem tenha sido – que nosso caro amigo havia se desentendido na empresa que trabalhava e havia pedido para sair. Não sabia do final, mas parecia que naquele momento todos saberíamos. Ainda na expectativa, e por não encontrar qualquer ressonância de nossa parte, sem muito esforço o colega, enfim, fundamentou:

– Trabalhei 17 anos na empresa! Desses anos, 14 foi dentro de universidades estudando. Concluí mais duas faculdades além da primeira e uma pós-graduação que me deram embasamento técnico e muito conhecimento para que eu desempenhasse com eficiência minhas tarefas. Conhecia – continuou orgulhoso – as minudências das unidades de negócios e suas patologias, além de ter total confiança e livre acesso aos acionistas para as tratativas relacionadas às questões de operacionalidade e conselhos. – Fez uma pausa, respirou um pouco e prosseguiu seu lamento com voz consternada – Quando pensei que todo esse conhecimento, experiências e esforços no trabalho me lograssem uma posição de destaque para assumir o cargo máximo no setor, o de gerente, eis que surge o tal RH.

Impulsionou novamente o corpo para frente contraindo a sobrancelha e se posicionando meio inclinado para prosseguir:

– Esse setor – valeu-se dos dedos da destra para contar – composto de irresponsáveis, bajuladores, hipócritas e narcisistas, numa atitude grosseira, contratou alguém vindo de uma área totalmente diferente para assumir o comando da equipe sem nenhum conhecimento ou experiência que pudesse autenticá--lo ao cargo!

Fez um leve movimento com o corpo buscando melhor posicionamento no assento da cadeira, fechou os olhos e como quem estivesse resgatando algo nas profundezas do ser, explodiu em cólera:

– Cara! Eu soube depois que o RH contratou esse vigarista por "baixo dos panos", porque é amigo do Rei há 20 anos!

Abriu vagarosamente as pálpebras e consorciado com um profundo suspiro, piscou os olhos várias vezes. Mesmo distante, percebi que seus olhos estavam marejados. Naquele instante, fiquei consternado com o amigo, mas não tive coragem de acudi-lo. Não nos mexemos. Contudo, de imediato percebemos que ele ainda não havia encerrado.

– Fiquei "P" da vida – continuou com o tom de voz agora mais firme – e fui falar com o RH, ou seja, com os capangas do Rei. Fulana – falou alto, mas não revelou o nome da bacana –, não sabia que o setor estava precisando de alguém para esse cargo! E se precisava, por que não fomos informados para que pudéssemos concorrer? Aliás – prosseguiu no mesmo tom –, esse sujeito vem de outra área, não tem noção do que é gestão, nunca trabalhou com uma equipe multidisciplinar, é arrogante e, o pior, acha que aqui ninguém sabe de nada e que só tem analfabeto nessa empresa. Causa-me ânsia de vômito ver o desgraçado falar!

Desconfiei de relance – pela descrição do camarada – que o currículo do sujeito era de um tremendo picareta. Sei muito bem que existem muitos por aí debaixo das asas dos amigos, mas fiquei quieto e aguardei!

– Com o silêncio da inepta consultora, que sentada num grande birô de madeira escrevia sem cessar – avançou o historiador enfezado –, fui forçado a perguntar por que não havia sido sondado, já que, pelo perfil do bandoleiro, não tinha nem de longe o cabedal cultural que eu já havia conquistado ao longo dos anos fora e dentro da empresa. Cara, eu estava "P" da vida quando ela, enfim, levantou a cabeça e falou toda encabulada: "nós não temos culpa! Foi o chefe que pediu!". Eu falei "tudo bem, mas me responda uma coisa" – retomou a explicativa sem respirar o amigo –, "tenho 17 anos de grupo, conheço essa empresa a fundo, tenho bom relacionamento, três faculdades, sou coordenador do setor e conheço mais de que qualquer um o serviço, e por que não fui sondado? É porque não tenho qualificação para esse cargo? Não seria apenas uma promoção? Quem mais indicado para assumir um cargo senão aquele que executa essa função?".

Silenciou o interlocutor com o rosto contraído, mas que já apresentava um leve sorriso. Fez uma pausa sucinta e concluiu:

– Ela contemplou-me estranhamente e com o polegar apontando para trás, na direção oposta de onde me encontrava, expressou-se amarga sem demostrar nenhum sentimento:

– "Fale com o chefe que nós não temos culpa alguma".

– Não deixei barato e perguntei – replicou o cismado companheiro – "então não é o RH o setor indicado para promover os melhores colaboradores de uma instituição? Não é o RH que contrata para as empresas os melhores talentos? Não é o RH que tem por obrigação valorizar a 'prata da casa'?". A moça fiou aturdida e acabrunhada revelou – zombou o intelectivo colega...

– "Ele é amigo do Rei há 20 anos!".

Nesse momento todos nós na bancada, achávamos que o moço iria explodir. Ficou vermelho, deu um soco na mesa e soltou uma gargalhada estentórica, vociferando compungido:

– EU SABIA! Então, vocês contratam para empresa o amigo de um camarada, mesmo incompetente para um cargo que nem de longe conhece? Não é o papel do RH o dever de antes de recrutar e selecionar profissionais que combinam com a cultura e com os objetivos da organização, dar oportunidade aos colaboradores antigos? Cadê a meritocracia? – bufou o bulhento companheiro.

Segundo ele, depois desse estorvo, a criatura ruborizou, pediu licença e saiu sem mais delongas. Respirou profundamente e por fim aduziu:

– Isso, meus amigos, é o que eu queria compartilhar com vocês! Dizer que pedi para sair de lá – da empresa – depois dessa injustiça! Dizer também que é isso que esse tal de RH faz nas grandes empresas. Nada de bom e tudo de mal! Trabalhamos, nos esforçamos, investimos horas a fio em estudos e treinamentos e na hora de colher o resultado, esses mafiosos te apunham pelas costas. E acreditem, ganham uma fortuna! Esses hipócritas bajuladores contratam para as empresas alheias, funcionários incompetentes por serem amigos dos amigos ou seus próprios amigos. Na verdade, não têm forças para nada porque quem manda é o chefe. E eles, afinal de contas, assumem a cumplicidade porque se acovardam! Têm que defender seus interesses e não os da empresa e muito menos ainda dos funcionários. Mesmo que esses preencham todas as lacunas da competência. Queria pedir aos colegas desculpas pelo desabafo – continuou –, mas gostaria de conhecer o veredito dos senhores para o RH nesse fato. E que causou minha indignação e consequentemente minha demissão.

Impoluto, fez uma cara de satisfação e, após o desabafo, depositou todo seu corpo no espaldar da cadeira posicionando os braços cruzados atrás da cabeça. Logo em seguida, esboçou um leve sorriso com o músculo do canto da boca e aguardou.

Era demais para aquele dia. Aguardamos o momento para que alguns se pronunciassem, mas com o intuito de apenas reconfortá-lo e tirá-lo daquele torvelinho de lamentações. Afinal, era Natal! Após alguns dias soube que o tal Rei era um diretor que adorava mandar e fazer o que lhe desse na telha. E não permitia que o RH interviesse ou tomasse quaisquer ações contrárias, mesmo sabendo da falta de ética e profissionalismo nas suas decisões. E por mais injustas que fossem. Meu veredito? Para o RH? CULPADO!

Já emiti minhas opiniões a respeito dessa entidade. Deixou de ser um órgão de staff para ser um partido político! Geralmente os dirigentes, ou as dirigentes, desse departamento se alimentam diariamente por comezinhos de bajuladores inveterados e incompetentes que pululam aos seus derredores. Minha sugestão para a cura dessa patologia gravíssima e, consequentemente, com o cabo dos parasitas incapazes e amigos dos chefes nas empresas é a seguinte: trabalhei em um grande conglomerado de empresas no qual havia mais ou menos 14 mil funcionários. Havia na *holding* um diretor de RH, para as tratativas junto aos acionistas, um gerente de RH, uma psicóloga, uma assistente social e cinco funcionários do Departamento de Pessoal, ou seja, nove pessoas. Todas e quaisquer contratações seguiriam o protocolo de uma empresa externa especializada no processo de prospecção de talentos, finalizando o processo com uma entrevista coletiva com os diretores. As promoções eram constantes em virtude da política de valorização cultural. Os amigos de chefes ou os amigos dos bajuladores dos chefes sequer apareciam.

HIPOCRISIA É A MÃE...

Sou de uma geração classificada de Baby Boomers. Nome sugestivo por ser fruto de uma explosão populacional ocorrida nos Estado Unidos após a Segunda Guerra Mundial. Minha intenção aqui não é comparar características das gerações posteriores tipo X, Y e Z, mas ressaltar que uma das características dessa geração, digo, Baby Boomers, de idade entre 55 e 75 anos, entre outras, é que quando jovens, essas pessoas valorizavam muito o trabalho e tinham uma forte preocupação em construir um patrimônio e ter uma carreira profissional estável, permanecendo no mesmo emprego por décadas até a aposentadoria.

Esse tipo de comportamento nasceu nos EUA, e acabou se espalhando por diversos países do mundo. Bem, mas o tempo passou, as coisas foram acontecendo, surgiram novas gerações e tudo mudou. Como brasileiro, sinto-me privilegiado, não só por ter atingido esses objetivos transitórios, mas por fazer parte dessa geração que me fez testemunhar fatos e declarações de líderes mundiais que ajudaram a formar meu caráter.

Tenho me esforçado para não me envolver com assuntos discutíveis relacionados à política. Até porque, no meu humilde ponto de vista, existe uma propensão patológica na sociedade atual principiada pelas classes munidas de diretos constitucionais. Casta privilegiada, esquecida dos deveres morais, e que deveria servir como modelo de honradez, parte para a inversão de valores éticos, consubstanciados ao império da indecência e da desonra. Como eu disse, não sou muito bom para falar de política, mas sinto-me no encargo de ressalvar comportamento de políticos questionáveis e mirar em lideranças de condutas irrefutáveis que dignificaram a oportunidade para educar e sensibilizar gerações.

Certo dia, estava tentando me colocar à disposição da inspiração e começar um novo texto que me pudesse prender a atenção por algumas horas, tipo horário de lazer, mas – dizem que quando o diabo não vem, manda o secretário – de repente, se aproximou de mim um amigo chamando-me a atenção em virtude de seus trejeitos desarvorados, que aliás, fazia parte da sua educação. Meio irritadiço, olhou-me de cima – eu estava sentado e o espantalho de pé – e, sem menor constrangimento, comentou algumas coisas e a seguir, indomável, me fuzilou com perguntas:

– Cara, não consigo entender. Como é que votaram num cara desse? – fez uma pequena pausa e concluiu – Não faz nada por ninguém, tem gente morrendo, não tem uma política para diminuir a fome dos pobres...

E blá, blá, blá, blá, blá, blá.

Como eu disse, não gosto de falar sobre política, mas o homem me parecia possesso. Xingava políticos e tentava de todas as maneiras confirmar suas preferências, uma vez que a todo momento fazia comparações. Bom, naquele momento de dificuldades, pedi ao Bom Deus que me acudisse e me inspirasse para acalmar o importuno cidadão. Fui atendido! De imediato, me lembrei do homem que recitou um dos poemas mais fascinantes – pelo menos para mim – e que forjou as ações da minha existência. Olhei fixamente para o camarada e disparei eloquente:

– "Não pergunte o que os Estados Unidos podem fazer por você, mas o que você pode fazer pelos Estados Unidos", afirmou Kennedy à multidão reunida no Mall de Washington na gelada manhã do dia 20 de janeiro de 1961.

De súbito, ele tomou um susto, olhou-me como se aquilo não saísse de mim, baixou a cabeço e calou-se. Dando-me entender que eu poderia concluir, sem delongas, teci comentários a despeito dessa passagem histórica, tentando acalmá-lo. Disse em seguida que todos os sistemas políticos geram problemas sociais e que nós somos a sociedade. Fui mais incisivo ainda e expliquei que se eu tenho um problema pessoal, vou tentar resolvê-lo da melhor forma possível. Como faço parte de uma sociedade com tantos problemas, vou fazer a minha parte e tentar amenizar os efeitos das adversidades na vida dos mais necessitados. Ainda tentei justificar com exemplos:

— Levanto-me aos domingos, de 15 em 15 dias, às 7 horas da manhã e me preparo para visitar doentes na Santa Casa de Misericórdia. A intensão é de levar uma palavra de esperança e consolo a alguns dos enfermos. Compro algumas cestas básicas e distribuo todos os meses aos carentes da vizinha favela. Contribuo mensalmente com algumas instituições caritativas por meio de donativos, e...

De repente, vi que o amigo estava se contorcendo, ansioso, incomodado e parei, aguardei, até que falou:

— É... — disse o imponderável cidadão aproveitando o momento —, mas isso não é problema meu, doutor, é do governo!

Deu meia volta e saiu catando alguma coisa nos bolsos — imaginei que era procurando o dinheiro. Sei lá, acho que ele ficou com medo que eu tivesse tirado.

A verdade é que vemos, todos os dias, intelectuais, artistas, expoentes da nossa sociedade, jornalistas, políticos e gente de todas as tribos usando os meios de comunicação para criticar tudo sem nenhum interesse que não seja o seu. Sinto o veneno em suas intenções! Mas eles não conseguem tirar meu discernimento de perceber que na hipocrisia de suas golfadas, querem mesmo dizer: "O melhor amigo é aquele que eu engano", "O melhor governo é aquele que me corrompe", "O melhor povo é aquele que eu domino", "A melhor política é aquela que me deixa roubar".

E se perguntarem qual dos artistas já fez algum show com seu próprio dinheiro para arrecadar fundos e doar todo dinheiro ao hospital das crianças com câncer, eu afirmo com toda certeza: NENHUM! Se perguntarem qual desses elementos citados neste texto já fez uma visita em qualquer hospital do país e levou pelo menos um copo d'água para um enfermo desconhecido, afirmo com toda certeza: NENHUM! E se perguntarem ainda a qualquer um desses sociopatas que só reclamam e com os bolsos cheios de dinheiro se algum dia já subiram numa favela para levar cestas básicas para famílias carentes, afirmo com toda certeza: NENHUM! E digo mais... – nada contra favelas. O mais próximo de uma favela que um desgraçado desses chegou FOI PARA COMPRAR DROGAS!

Vejo que minha geração está acabando. Mas aprendi que a HIPOCRISIA É A MÃE DE TODAS AS DESGRAÇAS HUMANAS!

COMO MUDAR UM PARADIGMA

Se um dia você parar para pensar um pouco, desacelerar, como diz um colega, e pensar no tempo dos nossos pais para produzir uma analogia com os tempos atuais, provavelmente você terá muitas dúvidas antes de entrar "em parafuso". Não leve muito a sério o que estou tentando explicar, mas vejamos como é fácil perceber a imensa diferença dos simbolismos patriarcais e dos valores credenciados pela empáfia da herança cultural europeia nas terras tupiniquins.

Não vou usar o termo "antigamente" para não parecer clichê e levar nossos sentidos para épocas muito distantes. Iniciaremos a confusão dentro do próprio convívio familiar em que a educação e a ética configuravam como tarefa elementar para os próprios genitores.

Era lá no início em que tudo acontecia! Naquele tempo – ficou melhor, né? – os filhos seguiam os passos dos pais enquanto as filhas se esforçavam para seguirem os passos das mães. Isso era natural! De vez que, em cada família, driblavam a própria natureza e escondiam as dificuldades, por maior que fosse o obstáculo, para que os embaraços permanecessem em segredo e não fossem revelados à comunidade, e, por fim, transformados em arroubos de fofocas constrangedoras.

Era de praxe as famílias, algumas tradicionais, manterem em seus aposentos belos mobiliários fabricados à mão por artesãos renomados. Tapetes, porcelanas e pratarias eram cuidadosamente postos à vista para que o anfitrião lograsse o respeito dos amigos e autoridades que o visitassem. Nesse ponto, dou a minha mão à palmatória. Ficou tudo igual! E posso explicar, mas antes, me permito perguntar: o caro leitor já foi convidado para almoçar ou fazer uma visita rápida na residência de algum amigo? Sim? Ótimo... então vamos lá.

Você percebeu que o convite era apenas um subterfúgio utilizado pelo camarada para que você observasse o conjunto de tranqueiras que ele amealhou ao longo da vida? Tudo bem, pode ser sincero! Verificou como mostra com orgulho os detalhes da cozinha e da sala, mas nunca o quarto? Vou dizer o que acontece. Não quero entrar na seara dos profissionais que estudam os fenômenos emocionais ou mentais da criatura humana para explicar tal comportamento. Mas de uma coisa eu tenho certeza... quando o cara te convida para visitar sua residência, é para te mostrar o que ele tem. Herdamos isso de quem? Veja que está tudo na vista: cristais, tapetes, sofás, televisão gigante, adega ou um bar chapado de bebidas, quadros, belas enciclopédias e por aí vai. Isso sem contar com uma rápida visita no deck composto com toda comitiva peculiar, utilização e manuseio desse equipamento. Bom, mas vamos ficar apenas no interior da habitação.

Hoje, como outrora, os espaços mais privilegiados numa residência continuam sendo – equivocadamente, ao meu parecer – a cozinha e a sala, não é isso? Pois bem, a cozinha precisava ser grande em vista das belas pratarias, faqueiros de prata abertos, louças e porcelanas adornavam todo o ambiente que permanecia inalterável em meses porque nada se utilizava, era apenas decoração. E os serviçais tinham a obrigação de mantê-los limpos e bem arrumados. A sala não era diferente. Iluminação e mobiliário se intercalam entre múltiplos quadros de arte e pratos de porcelana decorativos além de uma boa e confortável mesa de jantar. E tudo isso, meu amigo, era para mostrar, não para usufruir, embora o cara insistisse e defendesse peremptoriamente que era para seu deleite. Vou contar um caso para tentar justificar essa questão.

Certa ocasião próxima do meio-dia, num desses dias ensolarados e muito quente, fomos insistentemente convidados, alguns colegas de profissão e eu, por um amigo para almoçar em sua residência. Era um sujeito legal, extrovertido e muito vaidoso. O almoço seria tipo Splash and Go – termo utilizado em formula um –, visto que o tempo gasto entre nosso trabalho e a residência do bacana era cerca de meia hora. Bom, tudo dentro do previsto e assim fizemos. No caminho, o amigo nos confidenciou que havia passado alguns dias de férias numa metrópole fora do país, e que trouxera alguns itens que na cidade ainda não chegaram. Estoico e lirial, ele fazia graça e contava passagens curiosas. A meu turno, ouvia festivo, mas sabia que por detrás daquele angu havia um monte de caroços. Logo ao entramos, percebemos de imediato um baita de um televisor. O bicho era bonito! Como ele trouxe não sei! Estava em cima de um móvel com portas envidraçadas cujo interior agasalhava uma espécie de aparelho de som ornamentado com luzes piscantes e palavras em inglês que não cessavam de desfilar no leitor digital. O sofá, de couro de boi, era uma atração à parte. No centro da sala, uma mesa preta alongada compunha a decoração sob a combinação de vários arabescos na estrutura que lhe sustentava o tampo.

Após ligar a televisão, convidou-nos a todos para sentar. Espantados, do grupo não faltou elogios e memes parabenizando o camarada pelo bom gosto. Isso levou longos minutos até que a digníssima – uma baita de uma loira – que até então se mantivera arredia valeu-se do tempo e nos intimou a sentar à mesa já posta. O problema era que o televisor permaneceu ligado e ninguém, após uma garfada e outra, conseguia falar mais nada. Nosso sentido estava atraído para tudo ao nosso derredor e muito mais para o gigante televisor que não parava de emitir informações conflitantes com aquele momento. Todos em silêncio permanecemos com a vista, como se diz: "um olho no peixe e outro no gato". Depois de engolir, agradecemos a patroa e deixamos tudo sujo para a criada lavar. Pensava comigo mesmo: "Esse 'gente boa' trouxe a gente para almoçar, só para mostrar – com orgulho – a ambiência que montou!". E aí, doutor... considere minhas convicções! Hoje não é diferente de ontem. O camarada com conversa mole se fazendo de vítima, alegando que você não gosta mais dele e depois desse papo mole convidar você para tomar "uma" na sua residência? É que ele quer te mostrar o que tem.

De outro modo, mudei esse paradigma! Minha residência foi projetada, como todo projeto que se preze, com áreas bem definidas. Ambientes de serviços, social e privado. Mas, ao contrário, tudo que é de melhor e valoroso está na área privativa. Bom, mas se algum amigo chegar para uma visita cortês, temos o prazer de recebê-lo na área social, ou na sala – como queira. Uma coisa é certa: são simplesmente quatro poltronas de madeira maciça com almofadas. Nada confortáveis! Uma mesa de centro, também de madeira sem qualquer aparato de valor em cima do tampo. A área não oferece nenhum conforto ou atrativo, como quadros, tapetes, televisão, som, aquário, adega ou outro elemento decorativo. Não é uma invenção para o cara se mandar logo não, mas foi criado com o intuito de manter no foco os assuntos que rolam sem qualquer constrangimento de dupla atenção. É muito chato quando alguém está conversando e o outro olhando para o lado admirando seja lá o que diabos for. Assim, a intromissão é zero e o nosso papo flui do começo ao fim sem nenhuma interferência. Não ofereço bebidas alcoólicas. Apenas um suco de limão ou água e no máximo um café. Não sei quanto aos amigos, mas acredito que com a quebra desse paradigma "NÃO SE PERDE NADA". Se libertar desse padrão de costume antigo é um dever. É só analisar! Quer ver? Nada é mais preferível e saudável – para mim – do que tomar um bom vinho ouvindo uma boa música ou assistindo a um belo filme no aconchego refrigerado do seu quarto. É ou não? Na companhia da digníssima isso não tem preço. Mas se você desejar manter essa tradição antiquada, conservando esses penduricalhos na cozinha ou na sala com intensão de esnobar e se empavonar perante amigos importantes, fique à vontade.

Mas só posso dizer uma coisa: com esse pretexto de convidar um monte de marmanjos para sua casa, com alegação de "tomar banho de piscina e saborear um churrasco", mas que na verdade o que você objetiva mesmo é sua autopromoção mostrando com entusiasmo e orgulho disfarçando seus bens?

– Lembre-se de que a primeira coisa que você "PODERÁ PERDER É A SUA MULHER"!

"AO MESTRE COM CARINHO"

Gostaria de pedir licença aos amigos leitores para abordar nesse instante um assunto pouco tratado nos meios acadêmicos. Não sei se por falta de interesse dos mandatários, ou dos órgãos públicos responsáveis, ou ainda dos próprios aprendizes. A verdade é que os alunos não usam seus direitos para exigirem das instituições um ensino compensatório equivalente ao valor pago nas mensalidades e com profissionais qualificados. Estou me referindo não àqueles profissionais cheios de títulos, mas aos experientes. Como se dizia antigamente: "passado na casca do alho", e que valorizem os talentos e principalmente que os motivem. Vou tentar explicar!

Até algum tempo atrás, professores universitários eram reconhecidos, logo de cara! Era aquela figura virtuosa, calejada, cujo fenótipo denunciava experiências. Exigente, mas que inspirava respeito e, acima de tudo, sentia amor pela profissão que exercia. Aqueles sim eram verdadeiros mestres! Não de títulos sem experiências como hoje. Mas de conhecimentos adquiridos por meio da prática. O aluno se gabava em afirmar com orgulho: "O professor 'fulano' foi meu professor", ou: "Eu estudei com o professor 'tal'!". Hoje com certeza o aluno tem cerimônia de garantir que estudou com certo professor, e se perguntarem vai dizer: "Deus me livre, foi meu professor não!". É isso!

Quanto à formação dos arquitetos nas Universidades e Centros Acadêmicos de todo o país, sem entrar no mérito das questões federais, mormente às leis e às normas do Ministério da Educação, na minha opinião, o Conselho de Arquitetura e Urbanismo (CAU) deveria usufruir de sua competência e legitimidade para garantir aos aspirantes ou aos estudantes da Arquitetura melhores especialistas. Professores que pudessem exercer com maior interesse seu papel como orientador, instrutor e disseminador de talentos. Por outro lado – hoje – o aluno a seu malgrado é instrumento de verdadeira batalha desmotivadora. Sem alento, refém de mestres e doutores jovens que logo que adquirem o bacharelato adentram ao curso de mestrado e logo em seguida ao doutorado sem que, no entanto, tivessem tempo para gastar um milímetro de sola dos seus sapatos para acompanhar grandes obras e sem terem majorados conhecimentos da prática ou experimentado o universo feroz entre natureza e clientes, leis e projetos. Porque detêm o título de mestres ou doutores, as Universidades os convidam para ministrarem disciplinas diversas para o breve preenchimento de suas grades. Sem especialidade ou experiências, os mestres desconhecem os percalços, intimidades e princípios elementares da cadeira que cobram, insaciáveis, por meio do improviso.

É comum o cara ministrar a disciplina de História da Arte, por exemplo, num semestre e logo em seguida é convidado para garantir no próximo semestre a disciplina de Projeto de Shopping ou Aeroporto. Um verdadeiro gênio! E olhe que o camarada mexe no projeto de todos os alunos como se fosse a última Coca-Cola do deserto. Pode um negócio desse? Mas aí você pode me dizer: "Mas o cara é doutor. Sabe tudo!". Pode ser. Então quando você tiver com problema cardíaco vá se consultar com num ortopedista. O cara não é médico?

O CAU, na minha opinião, é coautor e grande responsável pelos arquitetos e urbanistas que hoje recebem diplomas sem nada ou quase nada terem aprendido na arte de arquitetar. E esses são os mesmos que mais que de repente entrarão para o mestrado e posterior doutorado para compor o universo docente de muitas universidades. Lembro o ditado que diz "o que você se propõe a ensinar é o que mais precisa aprender". Não quero tirar o mérito desses profissionais, mas, nesse sentido, eles aprendem mais com os alunos do que ensinam, isso é a pura verdade. E a Arquitetura que se dane! É preciso urgentemente que alguém fale que o grande problema não está no aluno, mas nos responsáveis que escalam seus professores inexperientes e sem nenhuma habilidade em muitas disciplinas que ministram.

São jovens aferrados a livros batidos, alguns desatualizados, munidos de slides com assuntos copiados. Arrogantes e sem domínio do assunto. As Universidades na grandeza de suas atribuições, nas reuniões de diretrizes para os semestres seguintes, encontram sempre fórmulas de megalomaníacos trabalhos, seminários e apresentações pífias além de pesquisas inócuas, e tudo para punir ou escravizarem os alunos: preguiçosos, incapazes e desonestos. Eles são sempre os culpados. Mas nunca se perguntam: "O que NÓS, mestres e doutores, no auto da nossa sapiência, estamos fazendo de errado para os futuros Arquitetos? Quantas drogas de arquitetos e urbanistas estamos mandando para o mercado de trabalho já que nos esforçamos tanto? Onde há didática? Onde há experiência?". Na verdade, estamos marchando para o CAOS!

Acho que o CAU, como princípio do dever, deve exigir das Universidades que, para ser professor, como se diz, "O pau que dá em Chico dá em Francisco", teria que ter no mínimo 5 anos de experiência prática nas disciplinas que ministram. É difícil? É sim, mas pelo menos teria base para ensinar, orientar e principalmente exigir o que sabe. Não, como hoje se faz, exigindo o que não sabe. Fizeram o contrário! Excluíram da docência verdadeiros mestres. Historiadores capazes e estudiosos do assunto, para que os arquitetos ministrem as disciplinas de histórias sem nenhuma ou quase nenhuma base acadêmica. Não são formados em História, aliás – em algumas faculdades – retiram as disciplinas técnicas importantíssimas da grade e empurram goela abaixo cinco e até seis "cadeiras" de História. É mole? É História para dar e vender!

Vou finalizar falando do curso de Arquitetura e Urbanismo. Primeiramente gostaria de expressar minha opinião. Sei que não vale nada, mas é minha opinião e estamos em uma Nação democrática e não vai ter muita importância se alguém me xingar ou se contrapor às minhas ideias.

Arquitetura e Urbanismo deveriam ser separados, ponto. Não pode ser como se diz, juntos e misturados, apesar de se mostrarem assim. Arquitetar é muito mais do que desenhar, colorir, apresentar desenho em 3D cheios de balangandãs e tudo mais. Arquitetura não é isso! Arquitetar na arquitetura é estudar cada detalhe dos ambientes, posicionamento e comportamento dos elementos construtivos, conhecer a fundo o que compõe a infraestrutura e superestrutura da massa.

Um jovem formado veio me mostrar um projeto todo rebuscado, bonita a casca, mas a caixa d'água estava posicionada no meio da massa. Quando houvesse uma manutenção provavelmente iria quebrar todo o telhado. Cria-se uma casca e acham que é arquitetura. Não se estuda mais hidráulica, elétrica, instalações sanitárias ou refrigeração no curso de Arquitetura. Trocaram por História! Diz um amigo: "Mas isso é para o engenheiro". Quem disse isso? É mentira! O arquiteto tem que saber sim e se possível projetar. Qual é o problema? Vou dizer, não se faz mais arquiteto como antigamente. O cara sai da universidade hoje para trabalhar com interiores. Um sofá acolá, um quadro aqui outro ali, uma pintura, uma sanca no teto iluminada com fita led e é isso aí, tá feito o arquiteto! Então as Universidades, por meio do seu ilustríssimo corpo docente, deveriam pensar em Arquitetura. Trabalhar conteúdos e práticas a fundo para que o noviço saia sabendo arquitetar. Porque de imediato, digo, após se formar, o bonitão não vai sair projetando nada de grandioso. Como dizia um amigo engenheiro, professor de cálculos estruturais, para os alunos após o término do semestre: "Bom, vocês estudaram um pouco de cálculo estrutural, mas agora não vão cair na besteira de calcular pontes porque vocês vão matar um monte de gente".

– E o Urbanismo onde fica?

– Respondo... – Especialização! Vai fazer especialização de dois anos de Urbanismo para compreender as questões mais difíceis como relações físicas e sociais. Por que e como a massa afetará o espaço, ao invés de ler fragmentos de livros para entender a difícil e quase impossível tarefa de reprodução do todo.

Lê-los realmente e discutir seus pormenores e soluções. E ainda, estudar uma série de assuntos políticos e urbanísticos descritos nos diversos documentos públicos utilizados como norteadores para o bem da vida e das relações humanas.

Aí sim. Eu vejo uma luz no final do túnel para o bem da Arquitetura.

O EGOÍSTA

Não sei se já aconteceu com o amigo ou amiga, numa ocasião de um bate-papo informal entre colegas de trabalho, surgirem indagações de algum companheiro mais astuto que nos faz pensar de maneira mais sombria a respeito da situação que o indivíduo nos põe sem nenhuma preocupação. Não é uma questão preconceituosa e muito menos delituosa, mas, de qualquer forma, requer de nós uma atenção mais apurada das coisas simples da vida que não nos atraem, mas que perturbam outras mentes. Vou tentar explicar, ou pelo menos contar, de maneira mais direta para que não me ocorra distorcer ou tirar a seriedade com que certas pessoas veem os por menores da vida.

Estava ouvindo os comentários de uns amigos que falavam sobre diversidades, tipo assuntos pitorescos, alegres e outros nem tanto, como se diz na gíria, jogando conversa fora. De repente, um dos participantes mais pensativo e que se mantinha a esmo dos assuntos tratados naquele momento se moveu rapidamente para o centro do grupo e disparou a seguinte pergunta:

– Cara, de que vocês mais gostam?

Não é difícil de se imaginar que nesse momento os assuntos que até então se articulavam dentro do grupo pararam de chofre e, claro, ficamos um pouco aturdidos pela forma como o cara interveio com a questão acenando com uma das mãos e olhar meio inquisidor.

Houve alguns segundos de silêncio até que um dos integrantes mais destemido argumentou:

– Cara, eu gosto de tantas coisas que nesse momento não saberia responder – e olhando para os demais continuou –, e você do que mais gosta?

– De muita chuva – respostou meio sorridente e arrogante o ansioso entrevistador.

– De Chuva? – perguntamos espantados em alto tom todos de uma só vez.

– Claro!

Sabíamos que ele não era nenhum agricultor e no momento não caberia esse tipo de assunto.

– Sim – asseverou com um afirmativo aceno de cabeça e concluiu –, de chuva forte!

Alguns segundos se passaram e o amigo mais arrojado agora meio confuso tornou-lhe a perguntar:

– Por quê?

Aí veio a resposta que jamais pensaria ouvir de alguém. Ele não se fez de rogado, se apoiou com uma das mãos no balcão da copa, pôs um pé na cadeira e pretencioso disparou:

– Sabem por que eu gosto de chuva forte? – e sem esperar qualquer resposta de alguém, emendou sem piscar os olhos – Porque quando está chovendo forte e eu estou dirigindo, não vejo nenhum daqueles motoqueiros correndo como loucos nas estradas! Todos param debaixo dos viadutos e é muito lindo vê-los ali parados como corda de caranguejos sem se mexerem. Simples assim!

Ficamos paralisados. Saiu da sala sorridente sem que pudéssemos ter tempo para reagir ao insulto ou pelo menos pensar nas consequências que as fortes chuvas trazem para a população.

Agora me respondam se não é egoísta um sujeito desse?

Mas depois de uns dias, sozinho e refletindo no que disse o imponderado amigo, concluí que dirigir sem motoqueiros nas ruas é realmente maravilhoso.

NADA CONTRA OS MOTOQUEIROS.... E MUITO MENOS AINDA CONTRA A CHUVA!

A IGNORÂNCIA TEM SEUS ENCANTOS

Existem na sociedade humana muitos eméritos estudiosos que pelejam há séculos – e com muitos esforços – para confirmar a origem e o significado das coisas. Até há bem pouco tempo, o sistema solar era tratado sem muita importância e apenas a Terra era apregoada como o centro de tudo. Não havia meios tecnológicos nem liberdade, e muito menos vontade dos políticos da época para que a ciência prevalecesse. No entanto, desde que o universo foi tratado com o devido respeito, aprofundaram-se em todo o planeta teorias para explicar, pelo menos como ponto de partida, as minudências desse império de mistérios que até hoje não o entendemos nem de longe.

Segundo alguns estudiosos da filosofia clássica, o planeta Terra é um manancial organizado que produz, nas criaturas humanas, ensejo de descobertas, aprendizados e experiências. E o homem santifica sua luta por meio desse caudal de incertezas que somente no futuro poderemos desnudar. É nessa relação de valores socioculturais e troca de habilidades que confesso muitas vezes não conseguir entender que tipo de serventia você pode adquirir quando a situação é explicada com exatidão tão somente pela sociologia. Pode parecer muito estranho minhas colocações a despeito do que vou comentar, mas são situações que parecem obtusas de tudo aquilo que o ser humano é capaz. Vou tentar explicar e pedir licença ao caro leitor, que reconsidere no homem um ser privilegiado quanto ao discernimento e principalmente quanto ao bom senso.

Vamos devagar! Nas relações interpessoais, gostaria de situar-me nas ocasiões puramente ocasionais, é que distinguimos o que realmente você pode aprender e o que você não deve fazer. São coisas simples da vida, mas parece que é mais importante do que parece, pelo menos para mim. Vamos lá!

Numa sexta-feira à tarde, conversava com um amigo a respeito de um trabalho agendado para segunda-feira. Deveríamos compartilhar ideias e buscar soluções que pudessem nos munir de certezas quanto às ações "brilhantes" a seguir. Quando já no final da conversa – meio cansado – ele me surpreendeu e disse:

– É, meu amigo – num tom meio brejeiro –, dizem que o cara tem que trabalhar até quinta-feira. Quando passa disso, ou ele é "muito liso" ou é muito desorganizado.

Estremeci! De repente percebi que nada havia valido a pena. É isso mesmo! Deus do céu! Desaprendi tudo! Não tinha como não perceber minha desorganização e, muito mais ainda, a minha liseira. Minha Nossa Senhora, quem inventou isso?

Numa bela noite de confraternização, numa roda de bons amigos da empresa, conversávamos sobre família, inclusive sobre sogras. Falávamos das qualidades e generosidades delas, na grandeza de acompanhar o casal em eventos em que auxilia na guarda das crianças. Sempre pacientes, solícitas e atentas às questões dos netos. Nesse momento um amigo mais independente – e sem filhos – que estava sentado junto à esposa no lado oposto da mesa, sorridente, soltou uma pérola:

– Não! – fez um movimento meio engraçado no ar com os braços e concluiu sem pestanejar – Sogra é igual a trator. Pra trabalhar é bom, mas pra passear é muito ruim. – Deu uma gargalhada e aguardou nossa reação.

Juro que desse misto de piada e seriedade me ocorreu um calafrio na espinha. Olhei assustado em derredor e concluí que minha sogra estava do outro lado nos brinquedos "vigiando" nossas filhas. Ainda bem! Dessa eu escapei!

Você sabe quando alguém faz uma pergunta e recebe a resposta à altura? Pois bem! Dizem que quando se faz uma pergunta idiota, recebe a resposta no mesmo nível. Não sou muito fã de futebol, mas ia assistir a um jogo entre Brasil e Argentina da tal Copa América. Estava com a família reunida na sala aguardando o início do jogo quando de repente entrou uma resenha de um repórter brasileiro que entrevistava uma estrela do futebol argentino. No final da entrevista, depois de seus coloquiais a respeito das intensões do conhecido e cortejado jogador, perguntou algo que jamais se deveria perguntar a um Argentino, mesmo achando que constrangeria o interlocutor:

– Para você, o melhor jogador do mundo foi Pelé ou Maradona?

Quando aquele idiota fez essa pergunta, a um argentino, aconteceu de relance uma sensação estranha que me deixou um pouco excitado e na expectativa da resposta do indivíduo. Silenciei e me mantive otimista quanto à sua resposta óbvia. Fiquei tranquilo, mas se ele falasse que foi o Pelé, eu pediria à minha esposa – ela sempre fala isso – para me esganar, mas se ele falasse que foi Maradona, então iríamos brindar com um copo de Coca-Cola e assistir à partida porque o mundo ainda está no seu devido lugar. Para minha alegria o jogador adversário olhou para o "idiota sem noção" e disparou com expressão muito séria:

– Maradona!

Fiquei muito feliz, primeiro por escapar mais uma vez de ser esganado, e também pelo que o patético locutor ouviu como resposta da sua pergunta estúpida.

A lição aprendida é que, embora tenhamos ainda muito que aprender a respeito das relações humanas, muitos bocós nos dão oportunidades de perceber que a ignorância tem seus encantos.

O SHOW QUE NÃO DEVE CONTINUAR

Sempre existiu e sempre existirá alguém que vai discordar do óbvio. Não acho que sou uma dessas pessoas, mas tem ocasiões que o natural se faz arte e a arte, segundo os especialistas – que palavra para eu não gostar – "pode ser entendida como a atividade humana ligada às manifestações de ordem estética ou comunicativa, realizada por meio de uma grande variedade de linguagens, tais como: arquitetura, desenho, escultura, pintura, escrita, música, dança etc.

Poderia iniciar o assunto dizendo – como está em moda – que vou me prender tão somente dentro das quatro linhas da arte da música, mas vou construir uma narrativa a respeito da prática que, muito se sabe, acontece nos shows de vários artistas consagrados. Não são todos, mas tem se constituído em práticas irresponsáveis da grande maioria. Não sei se vão me considerar antiquado ou exigente demais, ou quem sabe ainda, como disse o poeta, malpassado, mas o problema é que já ouvi bastantes comentários gerados pela insatisfação dessa atuação abusiva e deselegante de artistas para com os consumidores da boa música.

Houve um momento na história musical brasileira, quiçá mundial, que uma geração de novos talentos, compositores e cantores surgira com uma proposta musical diferente. O arcabouço musical, do qual a canção se consagrava, era construído por meio de belíssimos poemas derivados dos componentes cognitivos mais profundo do trovador. Verdadeira apologia à arte musical. Essa geração marcante, mediante suas obras, nos fez refletir, sonhar e amar, mas uma coisa é certa: a diferença entre ouvir uma música construída num estúdio e – como se diz – ouvi-la ao vivo é brutal! Vou tentar explicar.

Quem imagina que as produções musicais são simples ou fáceis de fazer está redondamente enganado. O processo de gravação engloba diversas variáveis que vão influenciar o resultado final do trabalho. Desde a pré-produção com a escolha de timbres, instrumentos, andamento, tonalidades, ensaios e gravação, até a fase de edição com mixagem, masterização até o produto chegar nas lojas. Ufa... é muito trabalho! O fato é que depois de um gigantesco investimento financeiro e de tempo, existe ainda a etapa de divulgação em que o artista vai difundir a sua obra. Bom, até aí tudo bem. O problema é que quando a música é aceita pelo público que compra o CD, o DVD, ou o que seja, o camarada gosta da música do jeito que foi produzida. Sem muganga, sem gemido e sem frescura. Então, meu amigo, escute o conselho de quem já passou pela experiência, e tenha respeito pelo público que comprou o produto e canta a por** da tua música direito!

Vou contar um caso de um colega, em que eu teria feito o mesmo, e o leitor poderá formar um juízo de valor para o companheiro que comentou e consequentemente para mim também. Era um dia ensolarado e estávamos almoçando num pequeno restaurante próximo à orla da praia. O ambiente estava quase vazio que nos permitia ouvir o som da televisão que ficava a poucos metros de distância de onde estávamos. Havia na verdade uns quatro gatos pingados absortos em mesas diferentes fazendo suas refeições. Conversávamos tranquilamente a respeito de vários assuntos quando de repente, na televisão, ele ouviu uma pequena entrevista de um cantor conhecido que estava mais uma vez na cidade, segundo a repórter, para fazer um show de lançamento de um novo CD que estava bombando nas rádios.

As músicas desse artista eram simplesmente maravilhosas. Mas de súbito, meu amigo parou de falar, fez um movimento com o corpo para frente como quem quisesse ter certeza do entrevistado e logo após alguns segundos retornou à posição anterior. Olhou para mim um pouco confuso, e respirou profundamente após encostar-se no espaldar da cadeira. Sem que eu esperasse, com expressão de frustração iniciou uma história sem que eu tivesse tempo de coloquiar:

— Numa bela noite de sexta-feira — iniciou a história –, há três anos – fez um gesto com o braço de punho fechado e dedo polegar aparente em direção à televisão –, fui a um show desse camarada. Você não queira saber o que foi que aconteceu. — Balançou a cabeça negativamente e continuou: — Esse sujeito me fez sair do show logo na terceira música que cantou. Cantou não, frescou! – vociferou o irritadiço companheiro sem dar espaço para qualquer intervenção de minha parte – Cara – moveu-se nervoso na cadeira e prosseguiu na exposição –, sempre comprei os CDs desse cara, aliás, tenho todos, mas nunca havia assistido a um show ao vivo. Estava ansioso para curtir, mas quando ele começou a cantar, meu amigo, esse cara assassinou as músicas! – Novamente abanou a cabeça de um lado para o outro e emendou em seguida – Além de ter atrasado o show em 25 minutos!... Desconstruiu todo o trabalho que profissionais e produtora realizaram para efetuar o melhor e cantou as canções totalmente diferente daquelas que me fizeram comprar o CD. Fique "P" da vida! Nunca tinha visto tanta indiferença e falta de respeito com a produtora e com o público que comprou o ingresso caro, e que lotou o ginásio. Eles, como eu, queriam ouvir a música como estava gravada. Enquanto cantávamos no mesmo ritmo da música produzida – continuou – o pilantra atravessava, fazia careta, gemia e de nada parecia com a "música original". Era um verdadeiro destempero musical. Filho da mãe! A vontade que eu tive foi de jogar uma garrafa d'água nesse imbecil. E digo mais – falou ainda irritadiço –, se fosse eu o dono da produtora, faria com que ele pagasse uma imensa multa por desacato aos fãs e à arte.

Movimentou outra vez a cabeça, olhou um pouco desconcertado para as poucas pessoas que estavam no local e disfarçadamente voltou a falar mais baixo em outros assuntos. Não tive coragem nem a intenção, em momento algum, de interromper o colega.

Concordei de imediato com ele e digo mais...

Acho que durante um show musical, não me refiro aqui ao jazz ou ao blues em que a beleza melódica se constitui no improviso, o "artista" que desconstrói a arte achando que está fazendo arte é um idiota arrogante e presunçoso. O povo não é trouxa! Quer fumar seu cigarro de maconha, encher sua barriga de cachaça ou cheirar sua coca? Vá em frente! São problemas seus, mas enganar o público para curtir sua ressaca e querer que embarquem na sua viagem? Aí já é demais! Então canta esse negócio direito, se souber, e do jeito que foi gravado e ponto final!

A AMANTE

Reza na psicologia que o comportamento humano se dá por meio de um conjunto de ações compatíveis com o ambiente em determinadas circunstâncias. Não sou especialista nessa área e não me atrevo a comentar sobre esse tipo de assunto, no entanto existem certos momentos na vida em que eu chego a duvidar dessa afirmação. Não gostaria de criar aqui uma série de conflitos baseados em teorias, conceitos científicos e acadêmicos, muito embora há de se respeitar grandes vultos da história que empregaram toda sua vida para mapear e estudar com minudências as questões sobre o microcosmo humano.

Vou tentar ser claro para que esse assunto não transcenda o bom senso e resvale para discussões "teobaratas" (teorias baratas) – essa aglutinação é minha – descabidas. Acredito que nenhum ser humano foi ainda capaz de somar todos os minutos, considerados por ele, perdidos na sua vida. Digo, com filas de caixas, consultas a médicos, filas de bancos, embarques etc.

Vou contar um caso acontecido comigo e espero que o meu leitor não me leve a mal se esse for um dos casos parecidos com o dos irmãos que se encaixam nesse acontecimento. Vamos lá! Certo dia, fui a um banco conhecido para tratar de assuntos de interesse familiar. Estava eu sentado na posição de interlocutor, em frente a um birô pomposo de modelo contemporâneo cujo tampo de mármore branco Carrara se encaixava perfeitamente na fenda bem delineada evidenciando as protuberâncias das suas arestas. O conjunto de móveis no entorno denunciava a importância do cargo do funcionário. Do outro lado, um jovem todo engravatado parecia se esforçar para se concentrar e iniciar o atendimento. Observei que a bela mesa, cujo tamanho se alongava para mais de 1,60m por, mais ou menos, 0,90m de largura, apesar de bonita, estava em desalinho. Com uma pilha de papéis revirados, pastas amontoadas umas sobre as outras e um raio de telefone que não cessava de tocar.

Todas as vezes que o camarada iniciava o diálogo comigo, o bicho tocava. "Só um minuto por favor", falava ele meio sem jeito. Acompanhava perplexo a insatisfação das tratativas do jovem com a pessoa do outro lado da linha. Falava baixo, gesticulava e tentava de todas as maneiras disfarçar sua indignação. Já era a quarta ou quinta vez que ele atendia no mesmo padrão. Com isso já havia se passado quase 45 minutos e eu já estava me irritando. Dessa vez, quando desligou, cismou de não mais atender o bendito telefone que continuava a trinar. Quando enfim começamos um diálogo, concluí que ele era casado, haja vista a enorme aliança que engolia a metade do dedo médio da mão esquerda do bacana.

Como ele não atendeu mais o aparelho, respirei aliviado e iniciamos um assunto que precisava confabular. Estava indo bem, mais relaxado, quando de repente o desgraçado do celular dele tocou aquele som de mensagem do WhatsApp. Ele se assustou e parou a conversa. Olhou-me desconsertado, moveu o corpo para o lado e deu uma olhada discretamente para baixo evidenciando que estava lendo a mensagem. Naquele momento, eu já não sabia mais o que pretendia. Estava entre o misto de matá-lo ou esganá-lo, mas na verdade eu queria mesmo era matá-lo. Já estava sentado há mais de uma hora e pela insistência da criatura do outro lado, imaginava qualquer coisa tipo: uma cobrança de dívida, a esposa aflita, a mãe enferma. De repente, ele levantou a cabeça, vagueou um pouco, olhou-me mais uma vez, agora enfezado, e disparou sem disfarçar qualquer constrangimento:

– Tô lascado.

Minha Nossa Senhora, concluí atônito, é a amante desse cara! Só pode ser! Porque nenhuma daquelas opções, que eu até então havia imaginado, poderia exercer tal inquietação no lascado Don Juan. Era de dar pena. Mas como bom espectador fiquei quieto. Quem era eu naquele momento para me posicionar a respeito daquele assunto? Mas confesso que milhares de questionamentos fervilhavam na minha mente. Mais alguns minutos se passaram, imóvel, espiava o moço se contorcendo na cadeira tentando encontrar uma posição conveniente, talvez, para continuar definitivamente a nossa conversa, mas logo concluí que a cabeça daquele sujeito não estava apta para raciocinar adequadamente e desembaraçar minhas pendências.

O garoto estava acabrunhado, pálido, desconcertado. Nesse ínterim, fiquei compadecido pensando como aquele rapaz iria solucionar o problema que, pelo visto, era muito grave. Afinal, quando um homem afirma para outro que "tá lascado", é que a coisa tá feia e não dá para emendar! A verdade é que nessa ocasião, perdi mais de duas horas até ser liberado para voltar outro dia.

É claro que usei esse exemplo para fundamentar o tempo precioso perdido quando estamos diante de um serviço que postula solução para nossos embrolhos. O que deve ser rápido se tornou um verdadeiro calvário de espera e desperdício de tempo. Não sei se seria justo afirmar que melhoraria muito se nos serviços de atendimentos interpessoais fossem abolidos todos os tipos de equipamentos que não fossem necessários para operacionalização da função. Talvez melhorasse muito! Mas você pode me perguntar: "E se minha amante ligar? Como vou atender?". Cara, o que eu posso te dizer de imediato é que você está fodido e ainda não sabe!

Digo ainda que após alguns dias, voltei para sanar o mesmo problema rezando para que o camarada estivesse pelo menos com a mente pacificada. Dei sorte, pois o profissional era outro. Perguntei, um pouco feliz, pelo gerente que havia me atendido anteriormente. O titular, que não se fez de rogado e muito concentrado, olhando para tela do computador, falou-me que ele fora transferido. Imaginei que o sem vergonha usou esse artifício para fugir da amante. Sei não, não sou expert no assunto, mas desconfio piamente que ela o encontrou. Se não o encontrou, é só questão de tempo.

O BICHO HOMEM

– Fui sempre um homem capaz de compreender certas questões da vida de uma maneira mais racional do que emocional, disso eu não posso me queixar! – disse certa vez um amigo demonstrando um misto de coragem e o desânimo.

Não se tratava de um sujeito confuso e muito menos decidido, no entanto a todo momento parecia se esforçar para parecer um cara normal. Do outro lado da mesa, um outro amigo, sujeito corpulento, meio sonolento, mas perfeitamente atento à conversa que se desenrolava naquela ocasião, que até então era dominado tão somente pelas particularidades, digo, desejos, gostos e manias masculinas, de súbito falou:

– Também sou um homem muito racional. – murmurou o preguiçoso amigo se contorcendo na cadeira como alguém que quisesse achar uma posição adequada para se pronunciar ante uma plateia.

Denunciou de imediato a preocupação com o tema, uma vez que nada falou durante o tempo que levou imóvel refletindo sobre a questão, e emendou eloquente:

– Mas às vezes a gente faz coisas sem pensar que dificulta a correção posterior. – pensou um pouco e concluiu – Mesmo assim, é evidente que é bem melhor refletir antes para só então agir, caso contrário a gente se ferra!

Juro que estava achando aquele papo chato e muito "cabeça" para que eu pudesse me manifestar. Sem falar que já havia passado dois quartos de hora e a conversa já estava entrando em um clima de extremo machismo. Porém, me mantive quieto e solícito, aguardando uma oportunidade para falsear o assunto e, com isso, encadear algo mais interessante que pudesse atrair a atenção de todos. Não foi preciso! Ainda bem!

O amigo que se posicionara no lado oposto da mesa, e que se mantivera também cauteloso, se mexeu e com um sorriso largo e gesto articulado tagarelou entre o misto de deboche e incertezas:

– Cara – oscilou negativamente, a cabeça lentamente para um lado e para o outro, e em seguida, desafiador, arrematou olhando fixamente para baixo –, vocês estão falando um monte de atributos do bicho homem, mas com certeza nunca pensaram numa coisa.

Deu uma pausa, levantou a cabeça lentamente e com olhar enigmático aguardou nossa reação. De imediato, todos que ali estavam, olhamo-nos mutuamente espantados e num frenesi de movimentos desarticulados, fuzilamos o interlocutor com olhar inquisidor perguntando quase ao mesmo tempo:

– E o que é?

O amigo não se fez de rogado, manteve o olhar para frente, sorriu novamente e sem demonstrar nenhuma emoção disparou:

– Vocês já notaram que o bicho homem está sempre trocando alguma coisa? Troca de casa sempre que pode, troca de carro o tempo todo, troca de namorada, troca a esposa com seus próprios filhos por outra com filhos dos outros, troca de cidade, de país, de planeta... – e finalizou meio irritadiço – o desgraçado do homem troca até de mãe, meu amigo! Já pensaram nisso?

Paralisados estávamos e paralisados ficamos. Deu uma olhadela de lado e continuou eloquente:

– Mas uma coisa ele não troca. – E respirando profundamente, sem esperar de nós qualquer expressão coloquial, concluiu o ardiloso conferente – Ele não consegue trocar de time! Digam-me se vocês conhecem algum homem que torce Corinthians e de repente troca seu clube de coração para torcer pelo Palmeiras? O cara que torce Fortaleza passar a torcer pelo Ceará? Trocar o Vasco e vestir a camisa do Flamengo? Trocar o Fluminense pelo Botafogo? Já viram isso acontecer? O cara, meu irmão, troca o próprio filho por outro que nem é dele, já pararam para pensar? Nem Freud explica!

Fitou-nos a todos e lentamente encostou as costas no espaldar da cadeira, finalizando o assunto mediante um gesto com as duas mãos, para cima e para baixo, como se quisesse arrancar de nós nossa contribuição.

Confesso que ficamos meio aturdidos com o desafio. Alguns segundos se passaram e observei de relance que o incômodo era geral. Alguns disfarçavam a aflição com as mãos em movimentos discretos e outros nem tanto, porque se mantinham sorridentes mesmo sem admitir que o assunto era sério. De imediato, concluí que entre a Psicanálise Freudiana e a neurose para explicação do problema, eu preferi ficar com a neurose e eu explico.

Pensando no dilema, dias depois numa grande oportunidade, perguntei a uma amiga psicóloga a respeito desse mesmo assunto. Ela, com generosidade, me respondeu mesmo sentindo eu a relutância dela em me esclarecer. Falou o seguinte:

– A Psicologia trata esse tipo de fenômeno como algo natural. A influência do meio é transformadora e consequentemente o homem é produto do meio.

Meu Deus, que droga! Por que eu não havia pensado nessa novidade? "O homem é produto do meio". Caramba!... Agradeci, mas essa resposta centenária me apunhalou pelas costas!

Tem um casal amigo que tem um filho de 13 anos. O pai torce Fortaleza, a mãe torce Ceará e o filho não torce porcaria nenhuma. Ele gosta de música, toca violão e quando há jogo entre esses dois clubes, o filho vai para casa de amigos para evitar ouvir as discussões amigáveis entre os dois. Quanto à opção de trocar de mulher e filho e nunca de time – ato que o homem realiza perante sua vida – confesso que não tive ainda uma explicação plausível para encerrar minhas dúvidas.

Mas uma coisa é certa: existe o homem corajoso e o homem medroso. Isso eu não só afirmo como tenho certeza! Eu me considero um daqueles que se encaixam no grupo dos medrosos. Vou explicar. Certo dia em conversação descontraída com minha esposa, entre uma taça de vinho e outra, ela me confidenciou alegremente com um sorriso encantador a seguinte temática. Disse que se, um dia, pelo menos sonhasse que eu a trocaria por outra mulher, ela não falaria nada e iria esperar eu dormir. À noite – continuou sem embaraço – aconteceria um acidente comigo, que com certeza, pela manhã, a polícia iria descobrir e prendê-la. Jesus! Até hoje tenho pesadelo!

– Não sei quanto a você, mas esse negócio de trocar coisas ainda vai, mas trocar a esposa? TÔ FORA!

DITADO POPULAR

Acredito que todo mundo já ouviu alguém falar de provérbios. Muito bem! Provérbio ou ditado popular, segundo os estudiosos da língua portuguesa, são frases curtas, de autor desconhecido, que exprimem, muitas vezes de modo metafórico e ritmado, um pensamento, ensinamento, advertência ou conselho e isso é passado de geração a geração.

Já havia algum tempo que não encontrava um amigo de faculdade para bater um bom papo como antigamente. Ele é desses caras divertidos que sempre se utiliza desses bem-ditos ditados populares ou frases de efeito, para emoldurar e defender suas opiniões. Certo dia telefonei e marcamos um encontro familiar na avenida beira mar, a fim de tomarmos água de coco e conversarmos um pouco. Assim que chegou, já foi logo dizendo para a filha que exigia passear no calçadão:

–Calma, filha *"A pressa é inimiga da perfeição"*.

Não demos atenção porque nesse momento estávamos solicitando ao rapaz da barraca outra mesa para anexar à já existente, a fim de compor o número de assentos necessários para as duas famílias.

Após acomodarmos, não demorou muito para que sua esposa, um pouco mais madura e recatada, comentasse um fato ocorrido com um casal de amigos que foi agraciado com uma herança, mas que, aos seus olhos, era de poucas proporções se fosse considerado o montante do patrimônio deixado pelo defunto. Ouvíamos a história com muita atenção quando de repente ele interrompeu:

– É, amor, mas *"Cavalo dado não se olha os dentes"*.

"Pensei que esse cara tivesse melhorado", pensei comigo mesmo. O papo foi rolando, os minutos passando, mas ele insistia sempre nas suas interferências metafóricas acompanhadas de uma gargalhada escandalosa.

Acredito que foi pelo cansaço, já haviam se passado duas horas, que as mulheres se ausentaram considerando o momento oportuno para caminhar no calçadão com as crianças. Foi exatamente nesse momento, no auge da liberdade, que se aproximou de nós toda sorridente uma amiga que caminhava solo. Após as gabações iniciais, fazia tempos que a gente não se via, ela iniciou um diálogo. Agora mais séria, expôs as dificuldades para adquirir um ingresso que lhe daria o direito de assistir à apresentação do Ballet de Bolshoi de Moscou que iria se apresentar na cidade. Afirmava que era muito caro e que o valor estava fora das suas condições financeiras.

Meu amigo, que até então permanecia calado escutando atentamente a conversa, de súbito, encarou a interlocutora e soltou uma pérola:

– *"Cada macaco no seu galho"*.

Fez uma muganga com as mãos cruzadas atrás do pescoço, esticou o tronco como se tivesse se espreguiçando e aí permaneceu por alguns segundos. Congelei! "Meu Deus", pensei, "como essa fera vai reagir ao insulto desse animal?".

Mas para minha surpresa, o papagaio da desgraça, ainda com os dedos entrelaçados atras da cabeça, parecia aguardar a reação da contrariada companheira. Não esperei muito para ouvir uma das aulas mais brilhantes de razoabilidade e, diga-se de passagem, ao ar livre e com um misto de bom resultado e satisfação. Você pode estar ansioso para saber o porquê da minha afirmação, mas não preciso me alongar muito no assunto. Para mim, foi como se a criatura se transformasse de repente num cavalo e acertasse o belo coice nos testículos do inconveniente imitador.

– Quando alguém fala – iniciou o argumento a competente interlocutora – que o povão gosta de pão e circo, isso é uma afronte à dignidade humana. O povão – continuou – não gosta do que é execrável, ridículo, repulsivo ou ordinário. O povão gosta da excelência, do burlesco, de cultura. No entanto, não tem oportunidade, porque isso é retirado dele!

Fez uma pausa, olhou com atenção o ardiloso companheiro, que já havia se ajustado com os dois braços sobre a mesa e com um gesto simples com uma das mãos continuou:

– Veja que estou muito a fim de ir para esse evento, mas não posso. É porque eu gosto do ruim? – com um gesto de negação com a cabeça e olhando fixamente para o amigo bradou – Não! É porque o bom é-me retirado. Quando alguém diz que "o cachorro gosta é de osso", nada conhece sobre a sagacidade canina. Aliás, isso na verdade é uma das dezenas de idiotices populares que eu conheço. Ponha no prato do seu cão um osso e uma fatia de filé e depois me fala o que ele preferiu?

Sorriu satisfeita e enquanto se aprontava para se despedir, olhei disfarçadamente para o embasbacado amigo. Percebi que ele estava em êxtase, mas sorriu contribuindo a gentileza do cavalo, digo, da amiga que se despedia. Permanecemos sentados alguns minutos acompanhando a amiga que se distanciava. Sem nada falar, apenas observávamos os transeuntes que se intercalavam em movimentos antagônicos no imenso calçadão iluminado da avenida.

Alguns minutos se passaram naquela agonia até que de repente as patroas chegaram com nossos rebentos. O clima melhorou muito até o momento que a pequena do amigo, buscando sua atenção, comentou:

– Pai, a mamãe comprou minha camiseta vermelha.

E num ato infantil, retirou um pacote da bolsa e mostrou para o camarada. Enquanto as mulheres conversavam alegremente, observei que ele se mostrava interessado no pacote. Olhava, mexia e apertava, mas não tardou para o desgraçado olhar para a filha e dizer:

– É, minha filha, *"água mole em pedra dura tanto bate até que fura"*.

Olhei para ele contrariado. Pelejando para achar uma desculpa para ir embora, comentei que necessitava sair, pois precisava dar continuidade a um trabalho que iniciara já havia algum tempo, mas sem que terminasse minha desculpa ele rebateu:

– É, meu amigo, *"de grão em grão, a galinha enche o papo"*.

"Chega!", pensei. Chamei minha prole para ir embora, nos despedimos e até hoje não nos vimos mais. Deve ter melhorado. Acho!

O GENITOR

Foi numa bela manhã, não lembro bem o dia da semana, mas me recordo que o dia estava muito ensolarado, que ao observar a caixa de e-mail, constatei que nela estava uma mensagem do RH de uma empresa. Curioso, abri sem imaginar o que havia escrito, mas concluí que pela capa se tratava de um convite. O texto era bem simples e me convidava para escrever algo sobre o Dia dos Pais que se aproximava. Dizia mais ou menos assim: "O que é ser pai para você?".

Imaginei que seria um pouco complicado se tivesse que descrever as minudências das tarefas de um pai, mas o texto era muito claro. Poderia ser apenas numa frase. Refleti um pouco e de relance, tudo apareceu como num filme. Só que com muita mais intensidade e velocidade assustadora. Confesso que ser pai foi meu maior desafio. Mirava os casais nos momentos de descontração e observava como tratavam os lactentes. Sorria e dizia: "Ah, isso é legal!".

O tempo foi passando e um ano após, a magia estava consolidada. Um belo dia, já quase noite, estávamos juntos minha esposa, nossa filha, já com 3 meses, e eu caminhando em um parque, quando uma senhora distinta se aproximou lentamente, olhou detidamente ela dormindo no carrinho, e em seguida comentou:

– Que coisa mais linda! Benza Deus! Como se chama?

Minha esposa prontamente e cheia de satisfação comentou alguma coisa e contente informou sorrindo. Eu, por outro lado, para me mostrar solícito e sem dar tempo para que a senhora concluísse o assédio, disse sem pensar:

– É, mas dá um trabalho!

A senhora de imediato desfez a curva do corpo que estava arrimado sobre o pequeno carrinho de bebê, olhou para minha mulher sorrindo e em seguida me fitou mantendo o sorriso cordial. Não sei o que pensei na hora, mas pela forma com que a senhora me encarou, paralisado aguardei um chute no ventre. Por pouco, acredito, não aconteceu o sinistro, mas ela relanceou a cabeça em desaprovação e ponderou:

– Trabalho? E complementou mais séria sem tirar os olhos de mim...

– Você vai ver é quando ela começar a andar! Se despediu cortês e saiu.

Me pergunto até hoje por que não fiquei calado. Não é preciso dizer que após os nove meses, quando ela começou a andar, meus cabelos começaram esbranquiçar. Não sei se aquela senhora me rogou uma praga, mas lembro que quando chegava na visita pediátrica, consulta de rotina, a doutora afirmava com altivez que era preciso que as crianças perdessem energia. Só que eu era quem não tinha mais energia para perder!

Bom, veio então a segunda e a família foi resolvida. Hoje na maturidade, a gente aprende que cada um, digo cada pai, age de maneira particular, embora pareçamos todos iguais.

Quanto à mensagem, escrevi o que me parecia peculiar:

"O que é ser pai?

Pensava que minha OBRIGAÇÃO era proteger,

aprendi que era NECESSÁRIO ensinar.

Pensava que DEVERIA cobrar responsabilidades,

descobri que PRECISAVA exemplificar.

Achava que meu encargo era me ESFORÇAR para nada faltar,

descobrir que seu sucesso viria com o próprio ESFORÇO.

Pensava que os exemplos externos SERVIRIAM para seu crescimento,

ledo engano! Descobri que o MELHOR exemplo seria eu.

Pensava que as ATITUDES joviais transmutaram para o pior,

descobri que as minhas precisavam ser SUBSTITUÍDAS.

Achava que as melhores decisões seriam as que EU TOMASSE,

aprendi que deveria estar presente e APOIAR as suas.

Achava que precisava amar CONDICIONALMETE,

descobri que o EGOÍSMO estava nas condições.

Achava que Deus acompanhava seus passos,

não, não... DESCOBRI que precisava estar a seu lado.

Enfim... Aprendi que ser PAI não é ENSINAR o antigo, mas APRENDER com ELAS o NOVO para me manter JOVEM".

FOI UMA VEZ NA FLORESTA

Certa vez, uma grande águia de plumas negras que já havia percorrido – durante sua vida – muitas léguas sob fortes rajadas de vento e sol escaldante, resolveu um dia parar no topo de uma árvore frondosa para descansar. Era uma ave experiente, veloz, destemida. Acostumada a cruzar o zimbório celeste de um lado para o outro, havia vencido muitos desafios acumulando intensos conhecimentos e sabedoria. Estava credenciada aos desenlaces de provocações e onde houvesse confusão, ali estava ela para apaziguar os ânimos com educação e sapiência. Sempre conseguia amenizar a situação, conscientizando outros animais encrenqueiros alertando-os – ante a peleja da vida – que seria muito melhor conduzi-la sem zanga e inimigos.

Bastante acostumada com aquele tipo de paragem, não se detinha com os pormenores da vida lá embaixo. À guisa de majestade, buscava os céus e a segurança das altas carpas protuberantes daquele lugar. No entanto, reconhecia com humildade sua importância no bioma da região e sempre na companhia de outros residentes, buscava cooperar nas atividades do dia a dia em benefício da área que lhes era particular. Era uma área riquíssima. Montanhas e cerrados além de lagos e fontes de águas minerais jorravam límpidas e graciosas enquanto a biodiversidade pulsante permeava diversas regiões contíguas, contribuindo para a harmonia e o desenvolvimento da imensa floresta. Aquele pitoresco recanto – agora estável e faustoso – havia sido construído por um casal de elefantes visionários cujas capacidades cognitivas beiravam a genialidade e supremacia dos deuses.

Naquele lugar, a vida era célere para todos os bichos... mas dessa vez seria diferente. Um pouco mais curiosa, com o sexto sentido perspicaz e a visão privilegiada – 8 vezes mais aguçada do que a humana –, preferiu compenetrar-se nos detalhes e conversação dos personagens que ali embaixo interagiam fremente. Conhecia a todos... suas personalidades – agravadas ou abrandadas pela espécie –, qualidades, ambições e malandragens, "virtude" alternativa praticada no meio dos sobreviventes. No meio da patota, um pouco mais afastados, conversavam o Guepardo e o Tigre enquanto os outros animais – quase em um semicírculo – debatiam sobre vários assuntos. O Guepardo era um sujeito engenhoso, esperto e um grande predador. Fazia o possível para chamar a atenção e quando iniciava um assunto, fazia-o com perfeição. Ninguém ousava interferir, pois – feroz – rebatia com altivez o intrometido de pronto e sempre tinha razão. Chegou naquele lugar de mansinho e percebeu de imediato que o melhor a fazer era ser amigo do Tigre, que era um cara solícito, laborioso, e que tudo resolvia ao seu alcance, mas limitado quanto aos poderes e às vezes era alvo de comentários maliciosos dos outros animais mais antigos e experientes que – concordantes – afirmavam que o moço não passava de amigo bonachão dos bichos da selva. Embora inquieto, gostava de viagens. Trabalhava com afinco, mas quando se movimentava, carregava consigo um monte bichos bajuladores profissionais tipo as hienas, as raposas e os jabutis. Herdara aquela abastança por justiça divina, haja vista os despojos deixados pela matriarca e pelo patriarca elefante, os quais – em riquezas – transcendiam toda e qualquer necessidade de controle dos excessos para uma vida de luxúria para mais de um século.

A família era grande e os herdeiros souberam continuar zelando por aquele sítio, embora somente um – o Leão – trabalhava feroz com bravura e mantinha cada um no seu devido lugar. Muito embora alguns conspirassem para que num deslize Real, pudessem impedi-lo de manter o cerco e tomar-lhe o poder para realizar suas vontades. Tudo isso era de conhecimento dos moradores, mas praticando a política da boa vizinhança, ninguém ousava nada falar. A águia, a seu turno, via tudo lá de cima sem se meter nos comezinhos da turma que eram constantes, e quando alguns dos animais, sentindo-se tristes ou aflitos nas pautas mais radicais, buscavam aconselhar-se em particular com a soberana dos céus. Voou para um galho mais baixo para ter certeza de que tudo corria bem. Entretida com o burburinho da tropa lá embaixo, não viu que o grande urso se aproximou lentamente e quase sussurrando ao seu ouvido perguntou disfarçado:

— O que você acha que eles estão conversando?

De imediato, a águia quase teve um troço do susto, e num ato de puro reflexo agrediu – sem querer – com as imensas asas a cabeça do grande onívoro que igualmente tremeu com aquela ação repentina da ave. Após alguns segundos – refletindo um pouco –, olhou para o peludo e cismarenta baixou a cabeça e conservou-se calada. A pergunta era simples, mas conhecedora profunda dos anseios e perrengues daqueles animais, de súbito ela já havia identificado a verdadeira finalidade com que o grandão a interpelava apostando no resultado satisfatório para seu ego. O pujante da família Ursidae era um camarada muito inteligente, vaidoso, mas muito criativo e se comunicava bem. Passava quase o dia inteiro na companhia do Guepardo. Eram, como diz a expressão, carne e unha, mas suas personalidades eram bastante diferentes. Enquanto o Guepardo *não tinha escrúpulo nem preferências e passava o rodo em todo tipo de fêmea que rastejasse, que corresse, que voasse, ou ainda aquelas que se aproximassem e dessem mole, ele era do tipo mais encabulado e tratava essa questão com maior timidez.*

O problema era que ele – o Grande Urso – tinha uma espécie de emulação quando – nos raros momentos – o Tigre e o Guepardo confabulavam entre si, e se mostravam atenciosos e sorridentes a ponto de esquecerem o tempo e sumirem na mata sem a sua companhia. Isso, na verdade, era uma estratégia do felino para manter o corpulento herdeiro presente nas noitadas e brincadeiras noturnas da selva, já que o companheiro fora criado com mais rigor e de nada entendia dessas práticas. Sabia também que o amigo se sentia preso diante das responsabilidades e pressões, principalmente do Leão – sempre mal-humorado – e que era preciso tornar a vida do amigo e aliado mais atraente e menos estressante. Em troca, a amizade e proteção – diante da família – seria inquebrantável. Havia todo tipo de bichos envolvidos nesse círculo de amizade, porém poucos – de perto – seguiam os passos dos três trepidantes companheiros. Muito esperta, a águia não se fez de rogada e – olhando nos olhos do amigo peludo – respondeu com outra pergunta.

– Por que você não está com os dois?

Naquela manhã tudo parecia mais belo. Enquanto o sol mostrava seu rosto de luz, sobre a treva densa da madrugada que ia, no imenso campo verdejante, o vento ziguezagueava por entre as flores silvestres que em movimentos singulares celebravam o principiar da primavera. Onomatopeias da natureza vibravam em cânticos radiantes toados entorno do grande lago. As árvores maiores se destacavam ao longe feito paisagem em miríades de cores. Vez em quando, oscilavam parecendo tocar o céu azulado contrastado com raras nuvens alvinitentes que se afastavam lentamente tomadas por aves coloridas em sincronia de movimentos.

O companheiro desatento, sem tomar consciência desse paraíso que despertava garboso, levantou a cabeça – como quem procura ar fresco para respirar –, refletiu um pouco e emulado falou:

– Não me convidaram! E não sei o que o Guepardo está aprontando – fez uma cara de cuidadoso e emendou meio sem jeito –, mas uma coisa é certa... – movimentou rapidamente a cabeça em direção aos dois, murchou as orelhas e com olhar malicioso compungido, deu um leve sorriso e falou – um dia esses caras vão dar com os burros n'água!

E sem aguardar qualquer conclusão do amigo emplumado, deu meia volta e saiu sem mais delongas.

Não era um cara difícil, aliás, defendia os dois amigos como ninguém. Muito perspicaz, porém sabia – no íntimo – que deveria tomar uma decisão. Após esse instante, os bichos que alegres confabulavam seguiram em grupos em caminhos diferentes para as atividades que lhes eram importantes. Exceto os dois amigos que mantinham-se tagarelando descontraídos, talvez aguardando o urso que logo em seguida compareceu. Permaneceram papeando por mais uns instantes e logo em seguida partiram sorridentes rumo à mata olhando para trás como se desejassem ver algo que não poderia ser identificado, ou quem sabe receio que alguém na surdina pudesse segui-los.

O Leão, apesar de ser da velha guarda, sabia como ninguém salvaguardar os recursos já adquiridos e investir nas oportunidades em voga e garantir o sucesso de outros empreendimentos. Respeitadíssimo, rugia o tempo todo exigindo dos outros animais disciplina e competência, *já que as atribuições de cada bicho era*m de extrema importância para preservação e desenvolvimento da área. Quando algum infeliz era convidado a entrar na "Toca do Rei" para se explicar, o mínimo que se esperava – quando o cara saísse de lá – era que estivesse esfolado na autoestima e moribundo nos seus propósitos. Não era brincadeira! Vez em quando sobrava para o Tigre que, influenciado pelo Guepardo e o amigo Urso, tinha a infeliz incumbência de levar as petições coletivas dos animais mais próximos. Era um desastre. Mas o felídeo *já havia se acostumado a levar* escoriações e safanões quando não menos recebia do soberano – em alto e bom som – o codinome de "Canhestro" – o que não era verdade.

Contudo, inexorável a paisagem cedia. Nesse ínterim, mais dois animais da larga família foram incorporados aos privilégios da hierarquia de dominância. Mas à sombra do Rei, nada de comodidades. O trabalho era árduo e os desafios constantes. Novos residentes se acercaram daquela fração da floresta produzindo atividades equivalentes com vista nas conquistas territoriais e soberania da linhagem. O problema era que os dois noviços consorciados com o Tigre eram cerceados o tempo todo. Nada resolviam e quando se lançavam em aventuras de comando, nada de proveitoso era convertido. Porque tudo estava sob o olhar do "Grande Bichano Rei da Selva". O Leão, a seu turno, rugia como louco, mas já admitia que em sua idade avançada e saúde debilitada não convinha torturar os imperitos aprendizes com princípios e diretrizes já ensinados como estratégia de sucesso. Eles tinham outra amostragem e deveriam trabalhar.

Um dia de luto na selva chegou. E após a morte do Leão, um funeral simples foi confiado aos descendentes que seguiram o protocolo tradicional da família. Os bichos da comunidade – fiéis, mas inseguros – não escondiam o receio com a nova direção e os rumos que poderiam tomar os vacilantes governantes. As onomatopeias pungentes dos animais – mais antigos – ao longe se ouvia. Os dados, afinal, foram lançados. Iniciara uma nova fase de mistérios e incertezas. Apesar de haver uma forte pressão dos herdeiros mais antigos – insulados pelo Leão – para controlar as ações dos novos dirigentes, esses camaradas exerceram as suas incumbências compartilhando tudo com seus companheiros. O Tigre liderava consorciado – embora não parecesse – com o Guepardo e o Grande Urso sempre a "tiracolo". Mas o problema eram as antigas hienas e os jabutis que não largavam o osso. Sem o guante do Leão, esses camaradas passavam o tempo todo viajando. Envolventes, propunham mudanças nos costumes e regras dos lugarejos da floresta por onde passava. Esses artifícios, sem estratégia ou planejamento, corroboravam para que o Guepardo – muito veloz – se aproximasse dos outros animais da fronteira, que enfeitiçados cediam aos imperativos e aos encantos do felino. Era o tempo das festas. Sempre regadas de muita comida e inúmeras bebidas – depois de um dia de ofício –, atravessavam a noite, contanto que o vigoroso Tigre honrasse com o compromisso que lhe cabia.

O búfalo – o mais velho – era um sujeito pequeno meio compenetrado e amistoso. Não falava muito, mas era conhecido na intimidade da família como um cara bipolar. De poucos amigos, não gostava de ser confrontado e nas poucas confabulações acaloradas que participava explodia sem nenhuma razão. Na floresta era considerado como uma fera vaidosa e lamentava sempre a impedância política que não lhe permitia contribuir melhor no comando com suas experiências. Espelhava-se no Leão, mas uma orelhada capital revelou toda sua imperícia. Logo na primeira oportunidade, consorciou-se com uma hiena que quase dilapidou uma grande área da floresta com sua gangue de predadores delinquentes e famintos. Não fossem as ações imperiosas da família em frustrar a rapinagem da carniceira, sua quadrilha tomaria as rédeas dos negócios. Já o Lince – que era o mais novo dos três –, desconfiado por natureza, trabalhava com imenso cuidado. No entanto, emprenhado pelos ouvidos por "cobras de duas cabeças", retirou quase todos os benefícios das famílias dos animais mais fragilizados, para promover abundância e mordomias a répteis e ratazanas que transitavam livremente pelos corredores superiores da mata. Sem orientação desejada foi o mais nocivo de todos. Consorciado com um jacaré feiticeiro, embarcou nefasto numa aventura desenfreada, promovendo comensais e afrontando outros animais muito mais nobres e experientes. Concedeu também poderes quase absolutos a alimárias desprezíveis, que – vindo de outras regiões – malbaratavam os melhores talentos expulsando-os da floresta.

A verdade *é* que esses três personagens, tolhidos de suas atribuições eficazes, cada um com sua bagagem de responsabilidades aonde fosse, carregavam consigo bestas bajuladoras em suas mochilas. Esqueceram toda luta e sacrifício perpetrados pelos Elefantes e pelo Grande Leão. Em voga, herdaram – por direito – uma floresta rica e próspera, mas que – agora – definhava ante a indecência e incompetência da falange constituída pelos incautos. Após alguns anos, carcomidos por feras sedentas e aduladoras – infelizmente –, os três, depois de tentarem reencontrar o caminho da prosperidade, *não tiveram* competência e se afastaram. Diz-se então que o Tigre, o Búfalo, o Lince e alguns outros animais foram convidados pelo conselho de proteção aos animais a abandonarem a floresta. É claro que saíram – como não poderia deixar de acontecer – carregando sob suas incumbências algumas larvas de várias espécies dentro de suas bagagens. Porém, deixaram na mata muitas bestas. Répteis de carapaças volumosas e de difícil movimento, que – protegidos – nada de novo realizaram a não ser o trivial nos caminhos desenhados pelos progenitores. Continuam arrastando os traseiros na floresta. Sem importância, flagelam-se ante a nova corte aguardando apenas o desfecho merecido.

No entanto, muitos animais treinados e experientes na salvaguarda dos ideais de grupos e dos direitos individuais e da coletividade, consortes no exercício do bem comum, já não residem nesse sítio. A águia alçou voo para outras paisagens. O Urso encontrou novos bosques e logo saiu. Outros bichos se afastaram quando não mais resistiram *à* tirania e ao desprezo pela ética e princípios fundamentais implantados pelos dirigentes de outrora. Muitos, porém, chegaram... dragões da maldade. Sem compaixão, vomitam do alto labaredas de fogo nas campinas rasteiras, que indefesas agonizam. Animais arrogantes, perversos, sem compromisso e inertes com a tradição visionária dos criadores, acercaram-se da área como carrapatos, sugando a seiva orgânica da grande floresta que queima, que urge, implora ante a dor, ante o gemido, ante a morte.

Segundo alguns animais remanescentes, a região agora, capitaneada por fantasmas vorazes em comunhão com os antigos parasitas e seus asseclas segue nefasta. Assombrada por sinistros gemidos e azáfamas noturnas. Não há prazer nem esperança. Há seca por vir!

Quanto *à* linhagem sem vértice... isso já é outra história.

PODE EXPLICAR?

Bom... Para encerrar este exemplar, gostaria de pedir aos caros leitores que me ajudem a decifrar certas questões da vida que não consigo entender. Podem opinar, descrever, aludir, cientificar, ou seja, tudo que for preciso para tentar auxiliar-me. Desculpe! Não estou doido e não quero ser chato, mas *às* vezes é preciso pedir auxílio a alguém mais gabaritado para responder a certas questões que não se encaixam na ordem oficial das coisas. Não desejo aqui desmiuçar questões socioeconômicas, culturais, comerciais ou de outros seguimentos análogos da sociedade humana. Mas vou – mais uma vez – tentar ser direto perguntando o seguinte: os senhores ou as senhoras já perceberam que muitas leis – de controle social – de nada servem no exercício de nossas atividades? Claro que sim! Mas sem mais delongas, vou enumerar algumas aqui para nosso compromisso.

Primeiro:

Olha só... se existe controle de velocidade nas estradas do mundo todo, que variam no máximo de 50 a 120 quilômetros por hora para – segundo eles – evitar acidentes, diminuir o consumo de combustível etc. etc. etc., então por que as fábricas de automóveis continuam fabricando carros que atingem uma velocidade de 360 quilômetros por hora? Ora... – pelo bem da humanidade – você é proibido, por lei, de ultrapassar uma velocidade de 120km/h. Por que então os governos não proíbem as fábricas de construírem veículos que transgridam essas leis, passando a construir transportes cuja velocidade máxima alcance tão somente os 120km/h?

Segundo:

Certo dia, aproveitando a oportunidade em que Secretaria Municipal de Meio Ambiente realizaria um evento chamado Semana da Árvore, minha tropa e eu resolvemos participar com uma ideia simples, sem muito entusiasmo, mas movidos pela iniciativa da preservação ambiental, imaginamos uma forma de poder contribuir. Inicialmente, enviamos um documento – junto ao órgão responsável – no qual apresentávamos nosso projeto. Com surpresa – vários dias depois – recebemos o convite para nos encaminharmos ao órgão responsável – pela homologação – no dia e horário marcado. Ao chegarmos, fomos recebidos por uma jovem de sorriso largo, que, festiva e com muito interesse, nos conduziu de imediato a uma grande sala composta por várias pessoas de brancos jalecos. De imediato, assinamos alguns papéis e conhecemos a logística da operação de retiradas das plantas – horário, tamanho e espécies.

O problema era que uma das espécies que havíamos solicitado não estava na lista por não ser cultivada. Havíamos solicitado – entre outras – cem mudas da espécie Pau-Brasil para distribuição gratuita em um Shopping da cidade. O projeto de quinhentas mudas era: "Uma Muda que Muda o Mundo". As instituições consultadas – anteriormente – ficaram empolgados com a medida. Deram-nos apoio e parabenizaram-nos pela iniciativa. Perguntei ao camarada que nos atendia a razão da falta de mudas dessa árvore simbólica e importante, já que o país recebeu o nome exatamente pelas suas características e valor comercial que exercera naquele período. O rapaz fez uma cara de reprovação, e meio sem jeito respondeu descansado:

– As universidades Federais não cultivavam esse tipo de *árvore*.

Cacete, meu irmão... logo a árvore símbolo da nossa nação? Não deveríamos cultivá-la em todas as regiões do país? Mas você poderia afirmar que essa espécie é comum nas regiões de florestas tropicais. Pode sim, mas presenciei um paisagista maluco plantando – a 20 metros do mar – centenas de palmeiras na orla marítima... é mole? Você não acha que deveríamos plantar pelo menos uma espécie no nosso quintal? Muita gente nunca viu uma árvore chamada Pau-Brasil. Os órgãos responsáveis pela manutenção do meio ambiente cultivam todo tipo de espécie, menos o Pau-Brasil. Podem me explicar?

Terceiro:

Você já reparou que sempre tem alguém do seu lado, demonstrando delicadeza no trato com as pessoas, e que está sempre prestando homenagens e reverências junto *à* natureza? Tudo é belo, e de certa forma – afirma – é *"Obra da Divindade"*? Pois muito bem... uma conhecida da família era uma dessas pessoas. Portadora de grande sensibilidade, impressionava nos coloquiais do cotidiano. Empregando sempre, no momento de reflexão, a postura do arquétipo conciliador e benevolente dos iluminados. Costumava deambular e nas caminhadas matinais tagarelava bastante e apontava com entusiasmo os ramos das árvores, animais terrestres, pássaros e tudo que – para ela – fosse belo, e não se furtava de desejá-los.

Acontece que a desvairada quando divisava qualquer arbusto que apresentasse uma flor colorida, ou simplesmente um carrapicho mais exuberante, adentrava a mata e arrancava tudo que estivesse ao seu alcance com um sentimento de poder. Punha-as nas mãos e mostrava com orgulho emitindo algumas palavras de prazer e fascinação. O problema era que em breve tempo, depois de cheirar e emitir comentários aluados, jogava fora tudo que havia pilhado. Já não importava mais. Realizou sua tara e estava satisfeita. Pergunto: por que simplesmente as pessoas – quando veem uma flor – não se contêm e as admiram no alto de sua formosura? Lindas, coloridas e graciosas bailando ao sabor dos ventos, estão sempre à mercê de psicopatas que as extirpam do seu pináculo sem nenhuma compaixão. Não me refiro aqui *à*quelas de cultivação para fins comerciais, mas *à*s que brotam multicoloridas nos caminhos, nas matas ou nos quintais da natureza. Será impossível alguém contemplar uma bela flor – mesmo uma sarça – e que a deixe imperiosa cumprindo sua função, ou haverá sempre um buliçoso ou uma lunática desejando arrancá-la para exibi-la, ou simplesmente para jogá-la fora?

Quarto:

Certo dia, caminhando pelo calçadão da avenida beira mar da minha cidade, cruzei com um amigo que há tempo não nos víamos. Paramos para conversar um pouco e apesar da alegria e saudações iniciais, algo me chamou a atenção. Seu semblante – apesar de jovial – denunciava uma certa contrariedade. Mesmo disfarçando a inquietude, *não conseguiu* esconder o desânimo que o afligia. Sem esforço algum, já que somos amigos desde a infância, perguntei o que estava incomodando-o. Ele olhou-me, um pouco acanhado e demonstrando insatisfação comentou mesmo mantendo o sorriso na face:

– Cara... soube agorinha mesmo que nosso artilheiro – falou o nome do atleta – assinou um contrato com o time rival! Bicho – continuou excitado –, como é que um sujeito desse não ama a camisa que veste? Não respeitou a torcida e vai logo para "o carniça?".

Entre o misto do não entender e de repente querer explicar, me deixou numa situação um pouco desconfortável. Respirei um pouco e aguardei o amigo se acalmar enquanto um sujeito que passava do outro lado do calçadão gritou alguma coisa embaraçosa dando a entender que já havia se inteirado da novidade afirmando aos gritos que não aceitava e traição do atleta.

Mas entre um papo e outro, alguns passos adiante, perguntei meio sem jeito qual a razão que fez o atleta preferir deixar o clube e se dirigir a outra agremiação. Agora, andando um pouco mais apresado – passou a destra no rosto suarento – e irritadiço falou explosivo:

– Dinheiro, meu amigo... dinheiro!

Naquele momento, não quis alongar a conversa para não alimentar a sofreguidão do colega, mas me senti à vontade para perguntar-lhe:

– Meu nobre – chamei-lhe pelo nome –, eu sei que você se empenha muito nessa empresa que trabalha... gosta do que faz e é respeitado por todos, inclusive pelos donos! Mas me responda... se uma grande empresa o procurasse e oferecesse um salário mensal três vezes o valor que você hoje recebe, o que faria? O camarada rapidamente moveu a cabeça em minha direção, olhou-me com uma cara de contentamento e com um largo sorriso na face respondeu...

– Eu iria na hora!

– Você não acha que o que falta nas pessoas é empatia?

Quinto:

Primeiramente gostaria de explicar o que vou comentar a seguir e tentar não alongar o assunto em questão. Antes de iniciar, porém, prefiro informar aos caros leitores que ao longo da vida tentei achar em mim qualquer resquício de preconceito ou ato de julgo sem fundamento literal, e confesso que não encontrei. Isso acontece talvez fundamentado pela minha origem e criação – família humilde, pai e mãe severos. No entanto, peço que se dentro deste ensaio de livro eu tiver comentado algo que possa ser classificado como um equívoco inaceitável ou emitido qualquer indício de discriminação, seja de classe social, gênero, raça... etc., peço oficialmente que me perdoem.

É que as vezes seres humanos são adjetivados como subprodutos e submetidos a padrões estabelecidos pela sociedade que aceita – por ignorância ou miopia psicossocial – o figurino criado por entidades lucrativas e que não dão nenhuma bola para os efeitos colaterais de suas ações. Vou tentar explicar – como já avisei – sendo lacônico.

Certo dia, minha filha pediu-me um favor inusitado. Gostaria que eu a acompanhasse a um grande estabelecimento a fim de dar alguns palpites – como se valesse alguma coisa – sobre a compra de alguns presentes que seriam entregues *à mãe e à* irmã logo no dia seguinte por ocasião da véspera do Natal.

Furtivos saímos bem cedo de casa. Era um dia quente, ensolarado, poucas nuvens no céu, o sol apontava acima do horizonte consagrado em todo o seu esplendor, haja vista que havia passado apenas um dia da data do solstício de verão. Minha filha feliz acomodou-se no banco da frente enquanto eu assumia a direção do veículo. *Não estava* mal-humorado, no entanto eu já sabia o que me aguardava. Tentei não demonstrar meu incômodo, pois nesse particular minha opinião é a que menos vale. Bom... elas sempre têm a decisão final. Já me acostumei e até agradeço por serem – com certeza – as mais corretas. Mas o problema nesse dia foi outro. Vou começar!

Depois de alguns quilômetros e um engarrafamento incompreensível, chegamos afinal ao local planejado. Parei já dentro do estacionamento e movi a cabeça lentamente obedecendo ao grande semicírculo que limitava as vagas dos veículos que ali estacionavam. Alguns segundo se passaram quando de repente minha filha tocou levemente em meu braço e apontou uma vaga à direita do local que aguardávamos. Sem entender, perguntei se poderíamos estacionar naquele local que me parecia ser dos proprietários ou funcionários do estabelecimento. De imediato, ela olhou nos meus olhos e – meio brejeira – disparou:

– Pode, pai, é vaga para IDOSO!

- O senhor é PRIORIDADE!

Respirei lentamente e sem dizer palavra alguma segui para o local estacionando o veículo de ré. O pátio estava lotado e apenas algumas vagas apresentavam um tipo de bloqueio de corrente que ia de uma estaca a outra. Não sou muito observador para o entorno desse tipo de equipamento e apenas saímos do carro e nos dirigimos para o pátio lateral.

Mas o pior estava por vir... assim que descemos do carro, subimos uma pequena rampa que dava acesso para a entrada principal. Um minuto após, minha filha destemida – mais uma vez – enfiou carinhosamente o braço na minha cintura *à* medida que parávamos de imediato numa esquina cercada por um aramado vermelho. Olhou para cima e apontou o dedo indicador da destra para uma placa – que me parecia irrelevante – falando cortes:

– Taí a placa de sinalização, pai!

Despretensioso, olhei para aquela desgraça – suja e mal--acabada – e, de repente, um frêmito de dor misturado com desespero tomou completamente meu corpo me anestesiando da cabeça aos pés. Foi um choque! *Não que eu não conhecesse as indicações, mas porque me senti um personagem daqueles* desenhos idiotas classificados por um sujeito sem nenhum senso do ridículo. O leitor pode estar se perguntando o porquê desse abalo momentâneo. Mas vou tentar explicar. Sem que a petiz entendesse, olhei por alguns segundos aquelas figuras patéticas e me permiti refletir: como uma pessoa – dentro daquela classi-ficação – se sentira olhando para uma daquelas figuras e dizendo para si mesmo: "Aquilo ali sou eu"?

Veja você... Na placa, estava escrito em letras garrafais enorme: PRIORIDADE. Logo abaixo, havia cinco quadrados sepa-rados por alguns centímetros enfileirados retratando um longo retângulo na cor amarela. Dentro de cada quadrado de cor azu-lada, um desenho horroroso vazado – que logo vou comentar – da mesma cor da grande geometria. Representava ali os personagens classificados como preferência. Em todos os quadrados, estampa-vam figuras sinistras. No primeiro, havia um semicírculo com um boneco – que parecia mais um chofer – sentado no vazio. A cabeça totalmente redonda, e estava ligeiramente deslocada do resto que parecia um corpo. Linhas sem cuidado algum, e pasmem... tudo da mesma espessura. No segundo quadrado a coisa não era diferente. Um trapézio isóscele com quatro semirretas verticais dava *à* figura um aspecto dantesco. Depois percebi que o cara queria mesmo era representar uma pessoa com duas pernas e duas bengalas. O corpo grosseiro sem nenhuma proporção estava separado também da bola de basquete, ou seja, da cabeça. Essas duas figuras mal-assombradas eram classificadas como "Pessoas com deficiência ou Mobilidade Reduzida".

No terceiro quadrado... esse foi de lascar! Havia um desenho com um traçado que parecia – bem de longe – uma figura humana. Só que, se alguém traçasse uma semirreta horizontal a partir do quadril do desenho e outra inclinada fechando um ângulo com a cabeça do boneco, não daria 20 graus. Parecia que o coitado – arqueado – estava com muitas dores nas costas. E para desgraçar a criação, o sujeito ainda tascou uma bengala na mão do condenado. Parecia que a criatura se encaminhava para uma sepultura. Esse camarada deve ter se inspirado no próprio pai ou na mãe para criar uma disgrama dessa. E sabe como ele a classificou? IDOSO! Cara... eu havia acabado de estacionar nessa vaga!

Nos dois quadrados seguintes, havia um desenho que parecia uma mulher gestante e o outro dava para entender que seria uma jovem com um bebê nos braços. Reparei que era uma jovem porque a gestante era representada com um vestido longo até o chão e a barriga com um metro de diâmetro. Só que o bebê nos braços da jovem que portava uma minissaia parecia uma garrafa térmica. Essas duas figuras foram classificadas como: "Gestantes, Lactantes e Pessoas com Criança de Colo". Não digo que aquilo acabou com o meu dia, mas confesso que me afetou. Na medida em que minha filha desembaraçava os donativos do Natal, eu continuava pensando no carro estacionado naquela vaga com uma vontade danada de removê-lo do local. Mas uma coisa eu digo aos senhores caros leitores. Quando entro num estacionamento lotado em que só existe vaga para IDOSOS, me vem o fantasma daquela figura na cabeça e me dirijo para bem longe dele.

Me ajudem a entender! Pergunto aos senhores e às senhoras... qual o custo de alguém apresentar um trabalho dessa natureza com fotografias humanas? Cadeirantes sorrindo felizes? São pessoas com alguma deficiência motora, mas muitos são empresários bem-sucedidos, atletas, artistas... e quanto aos idosos? Uma foto motivadora! Grandes homens e mulheres com saúde pulsante. Maratonistas, intelectuais dando exemplo de vigor e sabedoria. Não um desenho sem vergonha daquele, que mais parece um velho com cem quilos nas costas fazendo-o arquear e cheio de mazelas caminhando para a cova. É, tô puto sim! Jovens lindas grávidas ou amamentando são exemplos de civilidade e amor. Esses desenhos não as representam. Afirmo mais uma vez! Se utilizassem, ao invés de desenhos idiotas, fotos originais nesses painéis, tornaria esse universo muito mais agradável. O que se procura é respeito mútuo entre seres humanos. Afirmo com certeza! Tem muita gente ganhando dinheiro com trabalhos ruim.

Sexto:

Gostaria de encerrar este livro, ou ensaio de livro, como costumo dizer, com um assunto relativamente sério. Importante até pelo fato de que uma pequena palavra substantiva encerre tantas qualidades para um ser limitado quando nos referimos ao homem.

Certo dia estava concentrado nos meus afazeres profissionais, ouvindo baixinho belas músicas da vasta coletânea da música popular brasileira. Quando de repente tocou uma música que me chamou bastante atenção. Era a obra de um grande compositor e músico respeitado pela crítica especializa e reverenciado pelos fãs. Na rádio tocava uma belíssima canção chamada "Canção da América". Essa bela canção fala a respeito de amizade. É uma bela poesia e se tornou um ícone para uma geração identificada com os valores morais e fundamentais da sociedade humana. Pelo menos deveria ser. Porque entre a poesia nutrida de sonhos e fantasias com a realidade podre e cruel, há uma grande diferença.

"Amigo é coisa pra se guardar debaixo de sete chaves dentro do coração...". Parece exagero a preocupação do autor quando, em poesia, nos convida para a verdadeira amizade. A sagacidade e originalidade com que o poeta nos transmite um sentimento de perda é simplesmente mágico. A poesia nos remete a uma pessoa que partiu dessa para melhor e que um dia iremos nos encontrar. Bom... é simplesmente uma obra de arte!

Mas agora vou lançar um desafio! Conhece alguém para quem valha a pena você dedicar essa bela canção? Antes de responder, gostaria de facilitar sua vida ajudando-o a identificar esse personagem. Esse apelido carinhoso outorgado a alguém, na maioria das vezes, *é dado a* qualquer camarada mesmo sem saber de sua estrutura psicológica ou mesmo ainda de seu comportamento originário de seu caráter. Muitas vezes parece uma palavra com um significado comum, sem validade. Vou tentar conduzir essa parada, lembrando de alguns casos que conheço e dos quais ouvi atentamente e hoje me sinto à vontade para escrever sobre esse assunto.

Gostaria também de pedir desculpas pelo linguajar coloquial a seguir, mas não vou me furtar em expressar o palavreado original que compunha cada história. Certo dia, passeando pela orla do Mucuripe – região da qual sou nativo –, dei de cara com um camarada das antigas, e, vez em quando, batíamos papos sobre a vida. Coisas comuns tipo pescarias, vida dos familiares, as dificuldades, as conquistas, os sonhos, enfim, como se diz... jogava conversa fora. Mas dessa vez, já mais maduros, conduzimos o papo para o lado particular e em certo momento senti-me à vontade e perguntei-lhe sobre sua esposa. Sabia que ele havia constituído o matrimônio, com uma adolescente conhecida desde a infância, e aguardei solícito. De repente esse cara, que até então sorria, fez um gesto levemente com a cabeça relanceando-a de um lado para o outro falando em seguida.

– Cara... – pausou um pouco e olhando-me triste nos olhos expressou-se meio envergonhado – Minha mulher me traiu com meu melhor amigo. Ele vinha transar com ela dentro da minha casa quando eu *saía* para pescar.

Sorriu acanhado e contou-me apático sua história.

– Porcaria de amigo é esse, meu irmão?

Olha aí a palavra "AMIGO" concedida a um indivíduo dessa natureza. E se ele fosse o pior inimigo? O que esse sujeito não faria? Se o colega *saía* todos os dias para pescar, então imagina o que o camarada não fazia na sua ausência? Não é só por esse tipo de gente que eu tenho minhas reservas quanto *à* palavra "amigo". Provavelmente vocês já viram aqueles caras que andam sempre juntos. Curtem juntos, viajam juntos, trabalham juntos e são considerados – por outras colegas – como verdadeiros "amigos". Nesses casos – é fácil identificar – há sempre um mais descolado do que o outro, não é verdade? Esse camarada descolado está sempre usufruindo dos serviços do mais abestado. *É batata*, senão vejamos! Quando o amigo começa a crescer e se destacar em determinada área, o descolado já percebe e então tenta melar o progresso do cara. Se afasta, chama-o de orgulhoso, não quer mais sua companhia, tenta depreciar sua imagem perante os outros e esnoba o companheiro. Ou seja, o pilantra gosta do amigo contanto que esse não tenha visibilidade... deseja que o amigo fique como sempre foi. Subserviente. Sente um profundo incômodo por não aceitar o cara em evidência e parece dizer: "eu gostava dele quando era assim, mas se destacou, *não é mais meu amigo*". Se é o seu caso, caro colega, então fuja desse sujeito. Ele não é seu amigo!

E o amigo que comprou um monte de bagulho no comércio tendo você como fiador e acabou espetando você no SPC? Por isso digo sempre para esse tipo de "amigo": vade-retro, Satanás!

E o que dizer daquele amigo que só lembra de você para lhe pedir um favor? Vou contar outro caso verídico. Acredito até que o caro leitor *já deve ter passado algo semelhante*. Estava numa reunião de trabalho, e um camarada que havia sentado próximo a mim do lado direito, de repente, fez uma seguinte indagação:

– Gente... Estou precisando de alguém que conheça algum profissional que faça um trabalho no meu sítio.

Ele não foi muito claro, mas deu para entender o tipo de técnico a que ele se referia. De imediato, o sujeito que estava sentado do outro lado da mesa – falando sem parar – demonstrando desembaraço logo comentou:

– Cara... Tenho um grande amigo que não o vejo ou não nos falamos há mais de cinco anos! Mas ele sempre quebra meu galho quando preciso. Vou tentar ligar para ele e com certeza ele vai te ajudar.

Ora... o desgraçado não vê o outro há mais de cinco anos e ainda tem a coragem de chamá-lo de um "grande amigo"? Que diabo é isso? Que tipo de sujeito *é esse* que não deseja nem um Feliz Natal para alguém que ele o considera como um grande amigo?

– Olha... papo firme! Vou emitir minha opinião sobre esse particular! Seus verdadeiros amigos *são somente s*eus genitores! Sua mulher ou seu marido e os próprios filhos *são amigos quando querem. Já viram irmãos se digladiando por alguma coisa? Casais* brigando para repartir até mesmo a guarda de filhos? Filhos indiferentes aos seus progenitores?

– Claro que já!

Mainha e Painho? Esses sim! São amigos cuja canção faz sentido... *É raríssimo quando alguém fora de sua estrutura familiar mereça ser considerado como "amigo" e seja credor da canção.* O resto são nossos colegas! Nos respeitamos, nos divertimos, desejamos sucesso longe da gente e sorte mutuamente. Dividimos alguns sentimentos e ponto final. Esse negócio de chamar qualquer um conhecido de amigo é uma tremenda furada.

– Quer ver?

– De quantos amigos você se lembra nesse instante que pudesse oferecer essa poesia em sua homenagem?

– Quantos?

– Tá certo! - Você já ouviu a canção?

– Olha... um "amigo quando não é amigo" quer sempre se aproveitar do outro "amigo"! Quando não consegue, passa a considerá-lo como seu "inimigo".

Deixo minha impressão para os colegas... "Amigos pra se guardar no lado esquerdo do peito..."? Somente os nossos familiares!

– Enquanto não tiver dinheiro para dividi-lo e ponto final.

FIM